DE GEEST VAN OOM KWESI

JANNE LUNDSTRÖM

De geest van oom Kwesi

lannoo

Se wo were fi na wosankofa yenkei
Je kunt altijd terug gaan en je fouten herstellen

www.lannoo.com
Oorspronkelijke titel Morbror Kwesis vålnad
Oorspronkelijke uitgever Bokförlaget Natur och Kultur
Uit het Zweeds vertaald door Griet Van Raemdonck
Omslagontwerp Studio Lannoo
Omslagillustratie Klaas Verplancke (www.klaas.be)
© Janne Lundström and Bokförlaget Natur och Kultur, Stockholm 2000
© Nederlandse vertaling Uitgeverij Lannoo nv, Tielt, 2002
D/2002/ 45/112 – ISBN 90 209 4805 9 – NUGI 221

De geest van onze dode oom Kwesi

Toen oom Kwesi veertig dagen dood was, verscheen zijn geest op het strand ten zuiden van het dorp.

Het was een angstaanjagend zicht. We zullen het nooit vergeten. Of wel soms?

Maar laat me beginnen bij het begin.

De zee bulderde die nacht, de wind gierde en floot door de gaten van de wanden van de slaaphut. Vlak na middernacht begon de geest te krijsen.

'Moeder Yesiwa!' schreeuwde hij. 'Moe-oe-oeder! Wa-a-a-akker worden!'

Hij schreeuwde luid en hartverscheurend. Maar alleen wij, de kinderen, werden wakker. De rest van de dorpsbewoners hoorde niets, ze bleven verder slapen.

Wij vlogen op, sloegen de armen om elkaar heen en kropen dicht bijeen in het donker van de slaaphut.

Niemand zei iets. Het was niet nodig. We snapten al waar het om ging. Kinderen zijn niet zo dom als volwassenen denken.

De dag ervoor had oma Yesiwa lopen zeuren en schelden op de hele familie, omdat het lichaam van oom Kwesi niet op de veertigste dag onder de zoden gelegd was. Dat was tegen alle fatsoen, had ze geschreeuwd. De doden moeten begraven worden op de veertigste dag, niet eerder en niet later!

Onze moeders hadden geknikt en waren het met haar eens. Jawel, het was een schande. Een grote schande voor de hele familie. Maar die schande moest men kunnen verdragen, hadden ze eraan toegevoegd. De familie was arm. Om niet te zeggen straatarm. De visvangst was mislukt. Een zeekano was vergaan tijdens de laatste storm. Er was geen korrel goudzand meer over in de geheime bergplaatsen van het huis.

Dat van dat goudzand was een leugen. Dat wist iedereen.

Maar goed, de geest krijste als een mager varken.

'Moeder Yesiwa-a-a... Moe-oe-oe-oeder!'

Ten slotte werd het vrouwtje wakker.

Misschien herinneren jullie je dat oma Yesiwa's slaaphut naast die van ons ligt. Toen we haar hoorden stommelen en mopperen tegen zichzelf, slopen we naar de deuropening en piepten naar buiten, bang maar nieuwsgierig.

De binnenplaats lag er leeg en verlaten bij in de maneschijn. Van de kampvuren kwam enkel nog een zwakke gloed en de wind zwiepte de lage witte rook weg. De honden waren natuurlijk wakker geworden. Ze slopen rond met de staart tussen de benen en jankten als baby's.

Oma Yesiwa strompelde op haar oude, stijve benen uit haar slaaphut. Ze beefde over haar hele lichaam. Was het van woede of schrik, dat was niet duidelijk.

'Ja, ja, ik kom al,' mompelde ze. 'Ik ben al op weg...'

Maar midden op de binnenplaats bleef ze staan en draaide zich zo snel om dat ze bijna omviel.

'Waar ben je, lummel?' schreeuwde ze het donker in.

'Hier, lieve moeder... hie-ie-ier...'

Toen beende ze verder.

En wij slopen achter haar aan in een lange rij, alle kleinkinderen die oud genoeg waren om op eigen benen te sluipen. Met hoeveel waren we eigenlijk? Tien? Wat zeggen jullie? O ja, ik heb mezelf er niet bijgeteld. We waren met elf.

De palmbomen ritselden boven ons hoofd. Free- free- free, klonk het. Zwarte wolkflarden dreven over aan de nachthemel. Soms verstopten ze de maan. Dan stopten we plotseling, stonden stil te klappertanden en wachtten tot het bleke maanlicht terugkwam.

De honden bleven dicht in onze buurt, ze slopen tussen onze benen en liepen in de weg. Soms gromden ze en hapten naar de lege lucht. Tan- tan- tan-, klonk het als hun muilen in het niets dichtklapten. Ja, er waren onzalige zielen onderweg die nacht!

Oma Yesiwa haastte zich voorbij de omheining, waar de geiten met witblanke ogen als versteend stonden en ging verder naar de cactushaag die het dorp van het strand scheidt. En wij volgden haar.

Plotseling roken we een scherpe, misselijk makende stank. Hij prikte in de neus, hij schuurde en brandde zodat we nog maar moeilijk konden ademen. Toen wisten we dat de geest van onze oom in de buurt was. Ieder die al eens bezoek heeft gehad van een gestorven familielid, weet dat geesten stinken en dat de geur doet denken aan de weerzinwekkende stank van numun-kruiden.

Op het strand openbaarde zich een angstaanjagende gestalte.

Een geest!

Een spook!

Een fantoom!

Ja, het was oom Kwesi!

We herkenden hem, ook al was hij zo wit als geitenmelk en leek hij op de vreselijke witmannen die opgesloten in hun grote stenen huizen leven. Bovendien was hij doorschijnend. Je kon de witte randen van de branding door zijn lichaam zien schijnen. Als je tenminste het woord lichaam kunt gebruiken bij de gestalte van een fantoom.

Ja, het was een angstaanjagend gezicht! Zo griezelig dat de honden plat op de grond gingen liggen met hun voorpoten voor de ogen!

De geest zweefde in de richting van de cactushaag en stopte vlak voor moeder Yesiwa.

'Ach, nietsnut!' schreeuwde het oudje schril om boven het gedreun van de zee uit te komen. 'Wat doe je hier? Wat zoek je hier tussen ons, tussen de levenden?'

'Ik heb honger, antwoordde de dode.'

De stem had een trieste, holle klank.

'Onzin, Kwesi! We hebben toch eten voor je klaargezet. In de Dodenkapel. Heb je het niet gezien?'

'Ik heb dorst...'

'... naar de brandewijn van de witmannen, merkte het vrouwtje zuur op. Ja, dat kan ik me inbeelden. Je bent geen haar beter dan toen je nog leefde.'

'Moedertje lief, ik zweer bij mijn dode lichaam dat ik al veertig dagen lang geen druppel heb gedronken, jammerde de geest zielig.'

Toen gleed hij langs haar met uitgestrekte handen. Zijn doorschijnende lichaam sijpelde als mist door de dichte cactushaag.

'Ik verlang me kapot... ik verlang ernaar om het Geestenrijk binnen te gaan,' vervolgde hij. 'Maar de goden en de geesten zijn razend op me en...'

'Zei ik het niet toen je nog leefde?' onderbrak oma Yesiwa hem. 'Jij zal nooit in het Geestenrijk komen, voorspelde ik! Dag na dag, maand na maand, jaar na jaar! Maar je luisterde niet! Je achtte de brandewijn van de verschrikkelijke witmannen hoger dan je eigen moeder! Ja, zelfs hoger dan de eer van de familie... Nietsnut! Ellendige drinkebroer! Ik zal je!'

Ze hief haar hand op en gaf de geest een oorvijg. Maar haar hand en haar hele arm vlogen door hem heen. En het vrouwtje viel hals over kop in de cactushaag.

Kotokom! klonk het toen ze viel. En daar lag ze te jammeren.

'Ach, ach, ach, wat een schande... mijn eigen zoon... hij komt niet binnen in het Geestenrijk.'

'Hou nu eens je mond en luister!' schreeuwde de geest en hij probeerde haar bij de schouders te pakken. Hij wilde haar overeind helpen, maar zijn handen tastten en grepen zonder een houvast te krijgen.

'Je weet maar al te goed waarom ik de reis naar het Geestenrijk niet kan aanvangen,' ging hij verder. 'Ik moet wachten tot mijn lichaam in de aarde rust. Dat wachten tussen de levenden is niet te harden... het wordt elke dag erger...'

Hij vloog in de haag en viel op zijn knieën voor oma Yesiwa en keek haar strak aan.

'... hoor je me moeder? Het lichaam moet in de aarde! Anders zal ik je blijven opzoeken en alle familieleden ook!'

Bij deze woorden was het alsof een koude hand ieder van ons de keel dichtkneep. We jankten!

'Oe-hoe-hoe,' jankten we.

Trouwens, jij die de jongste bent, was jij het niet die wezenloos van de schrik op de grond viel? Nee? Dan zal het iemand anders geweest zijn.

En de honden! Weten jullie nog hoe de honden als waanzinnigen terug naar het dorp renden, krijsend als... tja, als waanzinnige honden? Weet je nog?

Iedereen weet het nog. Jullie waren er allemaal bij, jullie hoorden en zagen alles. Eigenlijk hoef ik hier niet elk jaar het verhaal opnieuw te vertellen. Maar jullie hebben me gevraagd om het te doen. En dan moeten jullie het maar zeggen als ik iets verkeerd onthouden heb of er een en ander aan toevoeg dat niet helemaal waar is.

Dus, de honden verdwenen en de geest herhaalde zijn dreigement.

'Ik zal komen spoken!' riep hij met een doffe stem.

Maar het geschreeuw ging over in een zielig snikken.

'Ach, ik voel me zo alleen.'

'Het is al goed,' piepte het vrouwtje van tussen de cactussen. 'Ik zal de familie bijeenroepen zo gauw het licht is. Maar we kunnen niet zoveel doen...'

Bij deze woorden verdween het fantoom. Hij kromp in elkaar en loste op zoals zeeschuim in het zand.

Wij, de kinderen, durfden tevoorschijn te komen. We trokken oma uit de haag en droegen haar naar huis.

Van slapen kwam niets meer die nacht. We hadden heel wat werk met alle cactusdoorns uit haar huid te trekken. Dat nam heel wat tijd in beslag.

Dit is er gebeurd toen de geest van oom Kwesi zich voor het eerst liet zien. Hij maakte ons half gek van schrik. Maar zoals jullie nog weten, wenden we al gauw aan hem. In de grond was hij even zielig als oom Kwesi zelf.

Vermoedelijk is er geen enkele geest hier op aarde die niet precies op de mens lijkt die hij of zij tijdens zijn aardse leven was.

Maar nu is het genoeg voor vandaag. Morgenavond vertel ik jullie over de familiebijeenkomst, die niets opleverde.

De familiebijeenkomst die niets opleverde

Zoals jullie weten hield moeder Yesiwa haar belofte aan de geest van oom Kwesi.

Bij dageraad zond ze een bericht naar al onze familieleden in het dorp en in de buurdorpen. Iedereen werd vriendelijk verzocht om nog diezelfde voormiddag naar een dringende bijeenkomst te komen.

En de familieleden kwamen, maar tegen hun zin. Ze wisten maar al te goed waar het om draaide.

Ze verzamelden onder de grote schaduwboom van het dorp. Wie geen plaats vond in de schaduw van de boom leende een parasol en ging in de zon zitten. Wie geen parasol meer vond, gebruikte een bananenblad.

Daar kwam moeder Yesiwa. Ze was gekleed in een roodbruine rouwmantel, die prachtig glansde in de zon. Niemand anders droeg rouwkleding. Zoals ik al zei, ze wisten waar het om draaide.

Oma was slecht geluimd. Dat zag je van ver. Het kleine stukje dat je van haar magere lichaam kon zien, zat vol schrammen en builen.

De familieleden fluisterden onder elkaar en vroegen zich af wat er met haar gebeurd kon zijn. Ze kregen geen antwoord. Wij, de elf kleinkinderen, hadden het een en ander kunnen vertellen, maar oma had ons bevolen om te zwijgen. Dus we zeiden niets.

Oma trok een zuinig gezicht en ging op haar mooi uitgesneden kruk zitten.

'Luister!'

Het leek of ze het woord er uitspuwde.

'Luister! Vannacht verscheen de geest van mijn zoon Kwesi voor mij…'

Er ging een rilling door de groep. Hoofden, parasols en bananenbladeren bewogen even. Fa-fa-fa, klonk het.

'Hij klaagde erover,' vervolgde ze, 'dat de familie… ja iedereen die hier zit, niet voor zijn lichaam heeft gezorgd en het niet begraven heeft op de veertigste dag zoals het gebruik het wil. Wel, wat denken jullie daar nu aan te doen?'

Iedereen keek naar de grond. Iedereen behalve een man met uitzonderlijk grote oren. Als ik me niet vergis waren ze zo groot als olifantenoren.

'Waarom kunnen we die Kwesi niet begraven?' wilde hij weten.

Alle anderen draaiden zich om en staarden hem aan. En toen begonnen ze weer onder elkaar te fluisteren. Wie was dat? Wist hij dan van niets? Had hij er dan niets over gehoord? Waar gebruikte hij zijn oren voor? Klopte hij er soms vliegen mee dood? Oom Kwesi was immers jarenlang al het gespreksonderwerp van de hele familie geweest!

Ze kwamen te weten dat de man een ver familielid was die toevallig op bezoek was in de streek.

'Kwesi heeft zichzelf verpand,' vertelde iemand.

'… aan de vreselijke witmannen,' fluisterde een tweede.

'… in ruil voor een tonnetje brandewijn,' snoof een derde.

'… en toen werkte hij negen jaar voor hen,' vervolgde een vierde.

'… en hij kreeg iedere zevende dag zelfs een klein loon,' legde een vijfde uit.

'… maar dat zoop hij op,' merkte een zesde op.

'... en daarom kon hij zich nooit vrijkopen van de witmannen,' besloot een zevende.

'Ja ja, dat weet ik allemaal al,' zei het verre familielid en flapperde ongeduldig met zijn oren. 'Maar waarom laten de vreselijke witmannen ons dan het lichaam niet begraven?'

Op die vraag wilde niemand antwoorden. Iedereen zweeg en keek naar de lucht of naar de zee of naar de grond.

Toen werd oma Yesiwa razend.

'De witmannen beweren dat mijn Kwesi nog steeds in pand is!' schreeuwde ze naar het verre familielid met de olifantenoren.

Hij deinsde terug. Zoiets had hij nog nooit gehoord!

'Ei-eisen die ellendelingen... losgeld... van een dode, hakkelde hij. Hoe k-kan een dode b-betalen?'

'De vreselijke witmannen willen dat de familie het losgeld voor het lichaam betaalt,' antwoordde oma. 'De familie! Jullie allemaal!'

Bij deze woorden maakte iedereen zich klein en verstopte zich achter een parasol, een bananenblad of andermans rug. Fre-fre-fre, klonk het. En het verre familielid deinsde zover achteruit dat hij zijn evenwicht verloor. Als hij niet met zijn oren had geflapperd had hij waarschijnlijk een achterwaartse koprol moeten maken.

Oma Yesiwa zuchtte verslagen.

'En om ons tot spoed aan te manen...'

Nu zei ze 'ons' en niet 'jullie'. Alle woede scheen uit haar weggeëbd te zijn.

'... hebben de vreselijke witmannen mijn zoons lichaam op een houten stelling gelegd die zo hoog is dat hij de hemel raakt.'

Ai, ai, ai, bij deze woorden doken de familieleden ineen en legden hun armen over hun hoofd. Tesee, klonk het. En het verre... ja deze keer maakte hij echt een achterwaartse koprol. Wa-twoem! Klonk het, toen hij rond tuimelde.

'Moeder Yeschbliffla,' schreeuwde hij en spuwde zand. 'Bedoel je... nee, dat kun je niet bedoelen! Bedoel je werkelijk dat... het is te ongelooflijk dat ze... dat de vreselijke witmannen zich voorgenomen hebben om de hemel te vervuilen en alle goden in de hemel te tergen met een... met een... met een dood lichaam?'

'Zo is het,' zuchtte het vrouwtje.

'Zo is het,' herhaalden de familieleden met een diepe en eenstemmige zucht.

'Maar nu moet het uit zijn met alle capriolen!' bromde oma dreigend. 'Ik wil weten hoeveel goudzand elk van jullie kan bijdragen'

De familieleden begonnen hun ellebogen te krabben, of hun scheenbenen, of hun rug. En wie geen lange armen had en zich niet op zijn rug kon krabben, vroeg aan wie achter hem zat om het te doen. Oi, oi, oi, wat een gekrab! Kr-kr-kr, klonk het van overal.

'En?' drong oma aan.

De familieleden begonnen te mompelen en uitvluchten te verzinnen.

De visvangst was ongewoon slecht geweest de laatste maand. Niet waar?

Ja zeker!

En daarvoor was de visvangst te goed geweest. Toen hadden ze zoveel pijlstaartroggen gevangen dat die in stapels hadden liggen rotten langs de hele Goudkust, terwijl de prijs van het zout tot het zevenvoudige was gestegen. Of niet soms?

Ja zeker!

En de belastingen aan de koning stegen elke dag. Of niet soms?

Ja zeker!

Maar toen ze zo ver waren gekomen, vloog oma Yesiwa overeind van haar kruk en keek hen strak aan.

14

'Ik ben nog iets vergeten zeggen,' zei ze met een lage brommende stem. 'De geest van mijn zoon dreigt ermee bij ieder van jullie 's nachts rond te gaan dolen, als zijn lichaam niet begraven wordt!'

Deze keer bogen de familieleden zich zo diep dat parasols en neuzen kleine putjes in het zand maakten. Het verre familielid maakte twee achterwaartse buitelingen. Wa-twoem, wa-twoem! klonk het. En ieder van ons, de kleinkinderen die het spook met eigen ogen hadden gezien, voelde koude rillingen langs zijn rug lopen.

Nou ja, ten slotte kreeg oma Yesiwa een antwoord op haar vraag.

Natuurlijk moest het lichaam van oom Kwesi vrijgekocht worden! Dat ontbrak er nog aan! Ieder familielid zou zoveel bijdragen als hij of zij kon missen. Niet meer en niet minder!

Maar niemand was zo vooruitziend geweest om geld of goudzand mee te brengen. Spijtig genoeg. En daarom moest iemand de volgende dag overal in de dorpen rondgaan om de bijdragen in te zamelen. Trouwens, wie was er eigenlijk verantwoordelijk voor de vrijkoop van de dode?

'Ja wie,' herhaalde oma Yesiwa. 'Wil iemand van jullie naar het grote stenen huis van de vreselijke witmannen in Amanforo gaan?'

Nee, dat wilde niemand. Ieder had wel zijn eigen uitvlucht. Dat had oma Yesiwa al voorzien.

'Mijn zoon Kofi zal het doen,' besliste ze met een zachte stem.

Kofi lichtte op als een zon, schuin achter haar.

Kofi de lange. Kofi de sterke. Kofi de domme. Hij was even hard gegroeid als de kinderen uit de spinverhalen. Toen hij twee jaar oud was, stak hij al een kop boven moeder Yesiwa en alle andere volwassenen in het dorp uit. Maar zijn verstand was achterop gebleven. Hij was nu vijfentwintig en nog steeds erg zwak begaafd. Niet één van alle familieleden onder de schaduwboom, de parasols of de bananenbladeren geloofde dat hij zijn broers lichaam zou kunnen vrijkopen.

Maar wij, zijn neven en nichten, geloofden in hem. Hij was onze oom, hij was onze beste speelkameraad, we vereerden hem. En we zullen hem nooit vergeten, net zoals we onze reis naar de vreselijke witmannen ooit zullen vergeten. Of niet soms?

Maar op de bijeenkomst haalden de familieleden hun neus voor hem op en ze lachten spottend toen moeder Yesiwa zijn naam noemde.

'Ach, ach, dat draait er alleen maar op uit dat de vreselijke witmannen hem zijn losgeld ontfutselen,' klaagde een.

'Ach, ach, dat eindigt ermee dat de familie twee broers zal moeten vrijkopen,' klaagde een andere.

'Ach, ach, dat eindigt ermee dat we ons straks allemaal aan de witmannen moeten overleveren,' klaagde een derde, 'als schuld-slaven.'

'Mijn Kofi zal het lichaam vrijkopen,' hield oma Yesiwa vol en droogde een traan in haar ooghoek. 'Ik heb maar twee zonen, Kwesi en Kofi. Het is de plicht van Kofi om het lichaam van zijn dode broer vrij te kopen.'

Iemand kwam met het voorstel dat het Slimme Meisje met oom Kofi mee zou moeten gaan om hem te helpen.

Het Slimme Meisje. Weet iemand nog haar echte naam? Nee. Iedereen lijkt die vergeten te zijn. Waarschijnlijk heette ze Yesiwa zoals de meeste meisjes in de familie van oma.

Nu, oom Kofi en het Slimme Meisje waren elkaars tegenge-stelde. Zij had wat hij miste en hij had wat zij miste. Het was een goed voorstel om deze twee te sturen naar het stenen huis van de vreselijke witmannen om oom Kwesi vrij te kopen. Maar eerst moesten ze dus bij alle familieleden langs gaan om het losgeld in te zamelen.

Ja, dit was het besluit van de familiebijeenkomst. Jullie weten toch nog hoe het liep met de inzameling? Zijn jullie de inzameling vergeten, die een beetje meer dan niets opleverde en dus lang niet genoeg?

In elk geval zal ik erover vertellen. Maar niet vandaag. Jullie moeten wachten tot morgen.

De inzameling die iets meer dan niets opleverde en dus lang niet genoeg

Hoeveel ochtenden werden we samen wakker tijdens onze kindertijd? Tweeduizend zou ik zeggen.

En hoeveel ervan zijn in ons geheugen blijven hangen? Een handvol. Maar het zijn niet de rustige, gezellige ochtenden die we ons herinneren. Nee, het zijn de vreselijke, de verschrikkelijke, de gruwelijke. Ik denk dan aan de drie ochtenden in de gevangeniskerker van de witmannen. En aan de ochtend na de familiebijeenkomst, die ochtend toen we door een bulderende stem gewekt werden. Gek genoeg ben ik de exacte woorden vergeten. Waarschijnlijk schreeuwde hij dat het tijd was.

In elk geval vlogen we op van onze slaapmatjes, slaapdronken en verlamd van schrik en ervan overtuigd dat ons laatste uur gekomen was.

Het was pikdonker in huis, maar een van onze moeders harkte in de haard gloed en een tondel tevoorschijn en stak een palmbladfakkel aan.

Het was oom! Ja, oom Kofi!

Hij had zijn hoofd door een raampje gestoken en lachte breeduit zodat de vuurgloed zich weerspiegelde in zijn grote, witte, blanke tanden. Hij groette heel vriendelijk en vroeg of het Slimme Meisje misschien klaar was om te vertrekken.

'Wat zijn dat voor manieren?' schreeuwden onze moeders in koor. 'De haan heeft zelfs nog niet gekraaid!'

'Ik kan kraaien,' stelde hij voor.

En toen kraaide hij echt.

Iedereen die al ooit eens gekraaid heeft als een haan weet dat je dat graag uit volle borst doet. Oom kraaide met volle kracht. De muren van de slaaphut barstten en klompjes leem schoten in het rond. Herinneren jullie je nog alle hanen van het dorp? Die morgen slopen ze allemaal rond met het hoofd onder hun ene vleugel. En het zou drie maanden duren, voor ze weer kraaiden.

Zo was hij, oom Kofi! Groot en blij en bulderend. En sterk als een olifant. En bereidwillig. Hij deed alles waar men hem om vroeg en zelfs nog iets meer dan dat. Daardoor raakte alles ondersteboven of achterstevoor. Maar hij probeerde tenminste en dat was meer dan wat men van andere familieleden kon zeggen. Wij konden het niet laten om van hem te houden.

Trouwens, mettertijd werd hij echt verstandig!

Maar die ochtend moest oom zich gedeisd houden tot onze moeders water gehaald hadden, leven in het haardvuur hadden geblazen, maniok gekookt hadden, ze gepureerd hadden, olie door de puree geroerd hadden, vissaus met rode pepers hadden gemaakt en ervoor gezorgd hadden dat het Slimme Meisje haar buikje rond had gegeten.

Toen gingen ze op pad. Net toen de zon opkwam boven de landtong in het oosten, verlieten ze het dorp.

Weten jullie nog dat we van ons werk wegslopen en hen inhaalden?

Ja hoor. Onze moeders hadden gezegd dat we de hele dag vis moesten schoonmaken. Maar zo gauw ze hun rug hadden gekeerd, slopen wij weg, al wisten we dat er wat zou zwaaien en we oorvijgen zouden krijgen in plaats van avondeten.

Zo richtten we onze stappen naar het dichtstbijzijnde buurdorp, oom Kofi, het Slimme Meisje en wij, de elf kinderen.

Oom had een aarden kruik mee. Als ik me niet vergis was hij zo groot dat de helft van de kinderen erin hadden gekund.

'Voor de dag voorbij is, zit die vol goudzand!' lachte hij en hield hem hoog in de lucht.

Natuurlijk waren we vol verwachting, toen we bij de boerderij van het eerste familielid kwamen.

Maar kijk, ons liefste familielid had niet zoveel goudzand in haar huis verstopt als ze had gedacht op de familiebijeenkomst de dag ervoor! Nou ja, één goudkorreltje kon ze wel missen.

We moesten de moed niet laten zakken, zei de gierige feeks. Natuurlijk zouden alle andere familieleden ons meer geven!

Zo klonk het in elke boerderij in de oostelijke dorpen.

En in de noordelijke.

En in de westelijke.

En de grote hoeveelheid goud die ieder van de familieleden afstond, had een pas uit het ei gekomen vliegje kunnen optillen.

Toen we weer thuiskwamen, waren we moe en ontgoocheld. Onze moeders scholden ons uit, omdat we van het werk weggelopen waren. En het werd nog erger toen ze te weten kwamen hoe weinig goud we maar verzameld hadden. Jij, die de jongste bent, werd in de kruik neergelaten met een fijn kwastje en een plat schoffeltje. Toen je met het goud eruit kroop, kreeg je een paar flinke oorvijgen.

Kiri! klonk het. Kiri! Kiri!

Ja, jij kreeg, och arme, de oorvijgen die onze familieleden eigenlijk verdienden! Maar zo zijn de mensen, de helft is gierig en de andere helft is onrechtvaardig.

Zwaarmoedig en verbeten haalden onze moeders de weegschaal en de gewichten.

O wee, het goudzand woog maar één asia. Of één zesde pereguaan. Nog steeds was er vijf zesde te kort voor het losgeld van oom Kwesi.

Het gebeurde niet vaak dat wij kinderen onze moeders hoorden huilen en klagen. Maar die avond gebeurde het. Ze huilden over de gierige familieleden die ons niet hadden willen helpen, ze klaagden over hun ongelukkige broer die de verderfelijke brandewijn niet had kunnen laten staan en ze vervloekten de verschrikkelijke witmannen die hem hadden verleid en hem in hun web gevangen hielden.

Ja, het was een huilen en klagen en vervloeken dat zijn gelijke niet kende. Het was vreselijk om aan te horen. Maar we zaten daar met gespitste oren en leerden een heleboel lelijke woorden die ons later in ons leven van pas zouden komen.

Zo werden ze ten slotte gedwongen om hun opgespaarde schatten – een paar goudklompjes zo groot als rijstkorrels – die ze in lappen stof gerold en zowat overal in de aarden vloer verstopt hadden, op te graven. Oma Yesiwa trok haar laatste gouden ring van haar vinger en wierp die in de weegschaal. Kloink! klonk het.

Op die manier kregen ze dubbel zoveel bij elkaar als wat oom Kofi en het Slimme Meisje verzameld hadden. Maar nog steeds was het maar de helft van wat ze nodig hadden.

'Nu zijn we arme luizen!' klaagde oma Yesiwa en wrong zich de smalle handen.

Er was niemand meer over om bij aan te kloppen. Met de familie die in het binnenland woonde, hadden we al honderd jaar niets meer te maken. Trouwens die wilden vermoedelijk toch geen familie meer van ons zijn.

'We hebben alles gedaan wat we konden,' zuchtten onze moeders.

'Kunnen we niet de helft van broer Kwesi vrijkopen?' Stelde oom Kofi voor. 'Ik bedoel, hij is immers toch…'

Toen barstte oma in huilen uit. En zijn zussen scholden hem uit dat hij geen verstand en geen fijngevoeligheid had.

'Ik begrijp het,' zei hij triest. 'Het was geen goed voorstel.'

'Laat ons naar de koning gaan en hem om hulp vragen!' stelde het Slimme Meisje voor.

'De koning,' snoof oma. 'Hij woont veel te ver weg, zo iemand kan toch geen medelijden hebben met arme luizen als wij!'

'Maar we kunnen het proberen!' drong het Slimme Meisje aan. 'In het slechtste geval wijst hij ons gewoon af.'

'Hij kan ons levend villen!' bedacht oom Kofi bereidwillig. 'Hij kan ons in kokende olie werpen! Of hij kan ons ter plekke doodslaan.'

Toen werd hij buiten gegooid.

Maar nadat oma Yesiwa en onze moeders er een poos over hadden nagedacht, besloten ze dat oom en het Slimme Meisje naar de koninklijke stad Afutu moesten gaan. Ze moesten de koning opzoeken en hem vertellen in wat voor trieste staat oom Kwesi verkeerde, daarboven op die stelling vlak onder de hemel.

Niemand kon voorzien wat daar in de koningsstad zou gebeuren. Maar achteraf gezien was het toch een wijs besluit. Ja, weet je nog hoe oom Kofi niesde? Morgen zal ik vertellen over het niezen van oom Kofi en de merkwaardige gevolgen ervan.

Oom Kofi's niesbui
en de wonderlijke gevolgen ervan

Die ochtend, toen oom Kofi en het Slimme Meisje naar de koningsstad zouden vertrekken, werden wij, de kinderen, vroeger wakker dan gewoonlijk.

Gek genoeg werden we allemaal tegelijk wakker, alle elf en het Slimme Meisje. Het was onmogelijk om weer in slaap te komen. Weten jullie het nog? We lagen daar in het donker te fluisteren, terwijl we op de dageraad wachtten.

Toen hoorden we gekke geluiden rond de boerderij. Sluipende stappen en gegiechel kwamen steeds dichterbij. Het Slimme Meisje was de enige die wist wat het was.

'Oom Kofi,' fluisterde ze. 'Hij wil weer haan spelen.'

Als ze haar hoofd niet uit het raampje had gestoken om hem te vertellen dat we al wakker waren, zou hij vast zo hard gekraaid hebben dat de hele slaaphut was ingestort.

'Wat een goede zaak, dat iedereen al wakker is,' lachte oom Kofi. 'Dan vertrekken we!'

Maar hij moest nog wat geduld oefenen. Eerst moesten het Slimme Meisje en wij nog ontbijten.

Die ochtend hielpen we allemaal mee. We haalden water uit de beek, bliezen leven in de gloeiende houtskool onder de as, haalden hout, zetten de ketel op het vuur, kookten maïspap. We waren snel, gehoorzaam en vriendelijk. Maar al onze moeite was tevergeefs.

We moesten onszelf niet wijsmaken, zeiden onze moeders. Oom Kofi en het Slimme Meisje zouden naar de koningsstad gaan en twee dagen wegblijven. Maar wij zouden thuis moeten blijven om de kleine vissen te drogen op het strand. Iedere vis moest drieëndertig keer omgedraaid worden. Zeuren en klagen zou er niets aan veranderen.

Zo gebeurde het dus.

Oom Kofi en het Slimme Meisje begonnen hun tocht naar het noorden en wij, kinderen, slenterden naar het strand. We waren terneergeslagen, we voelden ons verraden.

De branding aan het rif was hevig die morgen. De golven zwiepten hoog in de lucht. De mannen van het dorp hadden er een hele klus aan om de zeekano's in hun viswater te krijgen. Oude Baafo legde uit dat het een halve dag zou duren voordat de eerste vangst aan land werd gebracht.

'Ondertussen mogen jullie doen wat jullie willen!' zei hij.

We keken elkaar aan en knikten tevreden. Wij wisten precies wat we wilden doen. Alle elf hadden we dezelfde gedachte.

Als we ons haasten dan kunnen we hen inhalen, dachten we eerst.

We gaan een eind mee, dachten we dan.

Als er een halve dag voorbij is, zijn we weer terug, dachten we ten slotte.

We hoefden niets te zeggen. We waren het met elkaar eens. En we waren niet zo dom om door het dorp te gaan. Als we dat hadden gedaan, hadden onze moeders ons gezien en ons met een andere klus opgezadeld.

Nee, we slopen langs de buitenkant van de cactushaag. We slopen voorzichtig, zo voorzichtig. Soera-soera-soera, klonk het rond onze voeten.

Toen we aan het noordelijke pad kwamen, begonnen we te rennen. We renden zo snel we konden, krijsend als een troep bloeddorstige Assin-soldaten op rooftocht. Al gauw hadden we Oom Kofi en het Slimme Meisje ingehaald.

'Kijk, kijk!' kakelde oom. 'Zijn dat niet de visdrogers die eraan komen? Waar zijn jullie vissen?'

'In de zee,' antwoordden wij.

'In de zee?' riep hij verbaasd uit en krabde zich in het haar. 'Kun je vis drogen in de zee? Dat wist ik niet.'

Hij had nu eenmaal in die tijd niet veel verstand, oom Kofi. Maar hij nam het nooit slecht op, als we met hem lachten. Integendeel, hij vond het leuk dat wij vrolijk waren.

Zo gingen we dan samen met oom Kofi en het Slimme Meisje op weg naar het noorden. Het pad slingerde langs ondiepe moerasgronden en sneed dan recht door het olifantsgras, dat de vlakte tussen de zee en heuvels in het noorden bedekte.

Het was heet. De zon gloeide. Het gras groeide hoger dan ooms hoofd. We voelden geen zuchtje wind.

Maar de hitte deed ons niets. We zongen en schreeuwden en wipten op en neer. Af en toe namen we iets lekkers uit oom Kofi's grote knapzak. Daarna renden we zo snel we konden langs het pad en schreeuwden als een troep moordlustige Twifo-soldaten op oorlogspad. Oom schreeuwde nog het hardst. Hij schreeuwde zo hard dat minstens drie olifantenkuddes op hol sloegen over de vlakte. Ja, heilige maangodin, wat hadden we plezier die keer.

Toen een van ons niet meer verder kon, zette oom Kofi hem op zijn brede schouders. Al gauw droeg hij ons allemaal op zijn schouders en deed alsof hij een zeekano midden in een storm was. Hij zwaaide heen en weer tot we zeeziek werden.

Maar ieder die al veel plezier heeft gehad in het leven weet dat plezier nooit blijft duren. Ineens stonden we voor Afutu, de koningsstad. Niemand snapte hoe dat kon. Alleen het Slimme Meisje begreep het.

'Drie vierde van de dag is al voorbij,' zei ze.

We verstijfden van schrik. De eerste zeekano's hadden ondertussen vast hun vangst al op het strand gebracht.

'Maar nu jullie zo ver meegegaan zijn, kunnen jullie even goed mee de stad in gaan,' vervolgde het Slimme Meisje.

Het was verleidelijk. Niemand van ons was ooit in de koningsstad geweest.

'Slaag krijgen jullie toch al,' voorspelde oom Kofi.

Ja, ook al was hij dom, hij wist toch heel wat. We kozen ervoor om verder te gaan.

Aan de stadspoort stonden de soldaten van de koning op wacht. Ze waren lang en krachtig en bewapend met donderstokken die ze van de vreselijke witmannen hadden gekocht.

Ze hielden alle reizigers tegen en ondervroegen hen over wat hen naar de hoofdstad bracht. Ze waren bars en achterdochtig. Maar niet tegen ons. Ze keken bewonderend naar oom Kofi, die een kop groter was dan zij, en ze knikten vriendelijk alsof hij een oude bekende was.

'Het is van ver te zien wat jij hier komt doen,' zei hun aanvoerder.

Hij hurkte, spande alle spieren in zijn geweldige borst en pakte oom vast bij zijn middel.

'Kun je het zien?' lachte oom Kofi tevreden. 'Dat had ik niet gedacht. Dan geeft de koning mij misschien het goud?'

'Vanzelfsprekend,' verzekerde de man hem.

Ja, dat was een verbazingwekkende ontvangst. Maar we dachten er verder niet over na. We stormden de stad in en keken om ons heen.

Oioioi, wat waren de huizen mooi! De muren waren recht en glad en versierd met mooie motieven in verschillende kleuren. En er waren zoveel huizen! Vele honderden! Misschien zelfs duizend! We dachten dat er onmogelijk een grotere stad kon zijn in de wereld dan Afutu.

Maar het merkwaardigst was de koningswijk. De huizen achter de muren waren zo hoog dat we ons hoofd naar achter moesten buigen, om tot aan de daknok te kijken.

'Weergaloos,' fluisterde het Slimme Meisje. 'Hoe doen ze het om zo hoog te bouwen?'

'Dat weet ik,' antwoordde oom Kofi onmiddellijk. 'Men begint aan de onderkant!'

Toen we de poort van de koningswijk naderden, werden we opnieuw door soldaten tegengehouden. Hun aanvoerder keek oom Kofi strak aan.

'Wat kom je hier doen?' bulderde hij.

Oom wist zich geen raad en stond naar adem te happen.

'We willen de koning om hulp vragen in een lastige zaak,' antwoordde het Slimme Meisje in zijn plaats.

Maar de aanvoerder negeerde haar. Hij wist waarschijnlijk niet hoe je met kleine meisjes praat. Nee, hij bleef oom Kofi aanstaren.

'We h-hebben een beetje goud nodig!' kreeg oom Kofi er ten slotte uit. 'Dat moet toch mogelijk ziin?'

Toen zette hij zijn voeten uiteen, ging op zijn hurken zitten, spande al de spieren in zijn bovenlichaam en aapte de aanvoerder bij de stadspoort na.

De anderen barstten de in lachen uit.

'Ik begrijp het,' proestte hij uit en klopte oom op zijn rug. 'Je bent naar hier gekomen om het goud naar huis te halen.'

De koning wacht op het binnenhof. Maar onthoud goed dat je geen lelijke woorden mag spreken in aanwezigheid van zijne Majesteit! Of een wind laten! Of in je neus peuteren! Of iets anders doen wat zijne Majesteit kan ergeren! Dan komen de lijfwachten met hun messen en die steken ze in je tong! En dan...

'... wordt ons hoofd afgehakt, worden we gevild, gekookt in olie, doodgeslagen en daarna levend begraven!' vervolgde oom.

'Heel juist,' lachte de aanvoerder.

Zo werden we binnengelaten in de koningswijk.

Toen we het binnenhof naderden, stootten we op enkele snikkende mensen die een reusachtige man droegen. Zijn lichaam was slap, bezweet en modderig. Hij rolde met zijn ogen en kreunde iets onbegrijpelijks tegen oom Kofi. We waren een beetje verbaasd, maar niet genoeg om echt na te gaan denken. En wat een geluk! Als we toen geweten hadden wat er die middag gaande was in de koningswijk, zouden we onmiddellijk onze neuzen huiswaarts gekeerd hebben, of niet soms?

Dus, we kwamen aan bij het binnenhof en daar, op een gouden kruk onder een parasol van een glanzend rode stof, zat de koning. Zijn lichaam was gehuld in een gele mantel van goudbrokaat. Zijn voeten rustten op een voetensteun, bekleed met luipaardenvel. Zijn armen en vingers hingen vol met armbanden en ringen van het reinste goud. Twee slaven hielpen hem om zijn armen te bewegen. Zo zwaar was al dat goud!

Aan de ene kant van de koning stond de koninklijke woordvoerder en aan de andere kant de koninklijke zwaarddrager. De woordvoerder steunde op een lange goudstaaf. De zwaarddrager droeg het zwaard recht in de lucht zodat de kling blonk in het zonnelicht.

Achter hen zaten de hofmaarschalk, de kamerheer, de schatbewaarder, de hofschenker, de chef-kok, de krukkendrager en de kwispedoordrager. Aan de twee lange zijden van het binnenhof stonden lijfwachten en ambachtslui en dienaren en dienaressen.

Op de rest van de binnenplaats zaten de onderdanen, gewoon volk dat gekomen was om de koning om hulp te vragen of enkel maar om te kijken naar zijne Majesteit. Wij gingen helemaal achteraan zitten.

De koning liet de slaven zijn vinger strekken en zijn koninklijke arm omhoog zwaaien. De beweging nam heel wat tijd in beslag. Maar ten slotte wees zijn vinger recht naar ons. En op hetzelfde moment riep de koninklijke woordvoerder zo hard dat het echode over het binnenhof.

'Jij daar met die elf kinderen! Kom naar voor! De koning wil weten wat voor boodschap je hebt!'

Oom Kofi ging naar voor. Maar toen hij op een paar stappen van de koning stond, kreeg hij er geen woord meer uit. Hij schraapte zijn keel, haalde diep adem en nam een aanloop met zijn hele lichaam, maar hij gaf geen kik.

Om oom wat op gang te helpen deed de koninklijke woordvoerder hetzelfde, schraapte zijn keel, haalde diep adem en probeerde zijn mond op de juiste plaats in zijn gezicht te krijgen.

'Laat me raden!' zei hij ten slotte. 'Een grote, goedgebouwde kerel als jij kan maar één reden hebben om naar hier te komen. Je wilt een van de lijfwachten van de koning uitdagen om te worstelen zodat je de beloofde beurs met tien pereguanen goudzand kunt winnen. Is het niet?'

Bij deze woorden verlieten de twaalf koninklijke lijfwachten hun plaats aan de ene lange zijde van de binnenplaats, haalden diep adem en spanden hun borstkas op. Ze waren rijzig en breed, even rijzig en breed als oom Kofi. Maar hun gezichten waren verschrikkelijk om naar te kijken en hun lichamen waren geschramd en zaten vol littekens van honderden kogels en sabelwonden.

'Wo-worstelen?' stotterde oom.

'Jazeker,' glimlachte de woordvoerder. 'Jij wilt toch worstelen, niet?'

Ooms gezicht verwrong zich van verbazing tot een uitdrukking van de grootste afschuw.

'Zou ik moeten worstelen?' brulde hij daarna. 'Nee, hoe is het...'

Het Slimme Meisje hapte naar adem. Wij ook. We begrepen niet waarom de woordvoerder wilde dat oom Kofi zou worstelen, maar we wisten wel waarom oom Kofi het niet wilde.

Zie je, oma Yesiwa had hem met veel nadruk ingeprent dat hij niet mocht vechten. Nooit! Zelfs niet om te spelen! Hij was

29

immers zo onmenselijk sterk dat hij even gemakkelijk een volwassen man dood kon knijpen als een kind een luis!

Het gezicht van de koning betrok. Het gezicht van de woordvoerder betrok even erg, niet minder of niet meer.

'Je weigert te worstelen?' schreeuwde hij. 'Ben je hierheen gekomen om je koning voor de gek te houden?'

Toen deden de lijfwachten nog een stap in de richting van oom Kofi, spanden hun borstkassen tot ze bijna barstten en toonden hun scherpe hoektanden.

De koning fluisterde in het oor van de woordvoerder. Zo waren de gebruiken aan het hof. De koning was zo voornaam dat hij niet rechtstreeks met gewone mensen kon praten.

Daarna zette de woordvoerder zijn staf tegen de borst van Oom.

'De koning beveelt dat je worstelt!' zei hij. 'En aangezien je bang lijkt te zijn voor je botten, mag je het van zijne Majesteit opnemen tegen de kleinste en zieligste van zijn lijfwachten!'

Alle lijfwachten wilden worstelen. Ze ademden allemaal uit en zonken ineen en probeerden zich kleiner en zieliger voor te doen dan de anderen.

Maar oom Kofi schudde koppig zijn hoofd.

Toen werd de koning boos. Hij gaf een teken aan de lijfwachten. Ze trokken hun messen, controleerden of de punten scherp genoeg waren en stapten in de richting van oom, langzaam en vol verwachting.

'Jullie zijn toch niet van plan om te vechten?' schreeuwde oom vertwijfeld. 'Het is slecht om te vechten! Dat heeft moeder gezegd!'

Op dat moment sprong het Slimme Meisje overeind en slingerde zich als een grondeekhoorn tussen de benen van de lijfwachten door en wierp zich op de grond voor de voetensteun van de koning.

'Neem het mijn oom niet kwalijk!' snikte ze. 'Maar hij is zo verschrikkelijk sterk dat hij al uw lijfwachten dood zal knijpen in één enkele houdgreep! En dat wil hij niet doen uit bezorgdheid voor u! Laat hem zijn kracht op een andere manier bewijzen! Laat hen een wedstrijd gewichtheffen doen.'

Haar voorstel viel bij de koning in de smaak. Hij wuifde zijn woordvoerder dichterbij en zijn bewegingen waren zo opgewonden dat de slaven die zijn armen omhooghielden hun evenwicht verloren en heen en weer waggelden.

Zo gezegd zo gedaan. Oom Kofi zou het opnemen tegen de aanvoerder van de lijfwachten.

De aanvoerder leek wel een gorilla. Een klein hoofd dat diep tussen zijn schouders zat. Een gemene grijnslach. Een enorme borstkas. Lange, dikke armen die tot aan zijn knieën kwamen. Kromme, spichtige benen.

De gorillaman mocht beginnen.

Hij greep twee lijfwachten vast en slingerde hen op zijn schouders. Hij tilde er nog een derde en een vierde bovenop. Toen hij de vijfde vastgreep, zakte hij even door zijn knieën. Toen hij de zesde oppakte, bestierf hem zijn lach. Toen de zevende erop lag, begon hij te zweten. Het was met grote moeite dat hij de achtste erop kreeg. En toen mompelde hij dat het nu wel genoeg was.

'Acht volgroeide mannen!' riep de woordvoerder triomfantelijk. 'Kun je daar tegen op, vreemdeling?'

'Ja hoor,' antwoordde oom Kofi.

Hij kwam naar voor, nam twee lijfwachten bij hun middel en wierp hen in zijn nek. Daarna greep hij er nog twee en zo ging hij verder, tot alle twaalf de lijfwachten op zijn schouders gestapeld lagen als houten balken.

De hofmaarschalk en de kamerheer en de schatbewaarder en de hofschenker en de krukkendrager en de kwispedoordrager jubelden. De ambachtlui en de dienaren en de dienaressen juichten. Het gewone volk juichte.

'Ya, Kofi!' Ze bleven doorgaan met oom toe te juichen. 'Ya! Ya! Ya! Ya!'

Ook de koning deed mee – via zijn woordvoerder.

En oom Kofi legde nog een krachtproef af. Hij liep een rondje over de binnenplaats met zijn last op de schouders. Hij probeerde zelfs enkele danspasjes, wat de lijfwachten deed kreunen in een zelfde ritme.

Maar nu was het zo dat een van de lijfwachten een strijdhemd droeg met een rand van vogelveren. Een flap van zijn hemd hing in ooms gezicht. Als hij ademde vloog er telkens een donsje in en uit zijn neusgaten. En ieder die ooit al eens vogeldonsje in zijn neus heeft proberen te stoppen, weet dat je vroeg of laat moet niezen.

Oom niesde. Fwoe-oe! klonk het.

Hebben jullie een natte hond al eens het water uit zijn pels zien schudden na een regenbui? Precies zo zag het eruit toen oom niesde en de lijfwachten naar alle kanten vlogen. Kutokum! klonk het iedere keer als er een op de grond plofte. En ze vloekten zo erg dat het Slimme Meisje jouw oren dicht moest houden, jij die de kleinste van ons allemaal was. Weet je nog?

Daarna werd het muisstil op de binnenplaats. Stil als het graf. Niemand verroerde een vinger. Niemand durfde te ademen. De stilte werd onheilsspellend. Oom keek voorzichtig om zich heen. Het huilen stond hem nader dan het lachen. Dat was hem aan te zien.

Plotseling werd de stilte verbroken. Een misvormd en verschrompeld oud mannetje slofte naar voor. Fa-fa-fa, klonk het om zijn voeten. Hij droeg een kleine kalebas in beide handen en in de kalebas zat iets wits.

De man stopte voor oom Kofi. Met een vliegensvlugge zwiep, smeerde hij het witte spul op ooms neus. En de woordvoerder van de koning hief zijn staf op.

'Het is verboden om te niezen in de nabijheid van de koning!' sprak hij met een luide en duidelijke stem. 'De vreemdeling heeft een verbod genegeerd. Zijn neus is witgemaakt als een teken dat zijn lot vanaf nu in de handen van de goden rust.'

Hij pauzeerde even en stak zijn kin waardig in de lucht.

'Luister! Dit is het oordeel van de goden. Elke dag brengen boodschappers berichten naar de koning vanuit de verschillende delen van het koninkrijk. Als de volgende boodschapper vreugdevol nieuws brengt zal de vreemdeling met de witte neus beloond worden. Maar als het bericht triest is, zal hij zijn leven verliezen door onthoofding...'

Maar nu onderbrak de koning zijn woordvoerder en fluisterde in zijn oor.

'De koning verleent de vreemdeling een grote eer,' deelde de woordvoerder daarop mee. 'Aangezien de vreemdeling een krachtmeting gewonnen heeft, zal hij niet onthoofd worden...'

Wij slaakten een zucht van verlichting, het Slimme Meisje en wij, de kinderen. Maar dat was te vroeg.

'... de vreemdeling zal terechtgesteld worden op de voorname manier die enkel voorbehouden is aan de leden van de koninklijke familie,' ging de woordvoerder verder. 'Hij zal gewurgd worden met een gouden ketting!'

Deze woorden luchtten oom op en hij kreeg weer zijn gewone zorgeloze humeur.

'Hebben jullie dat gehoord?' fluisterde hij ons toe. 'Ik zal sterven als een prins! Oioioi, wat zal iedereen in het dorp jaloers zijn op mij!'

Ja, zo dom was hij nog in die tijd. Iedereen die ooit al eens onthoofd is of gewurgd met een gouden ketting weet immers dat het ene niet plezieriger is dan het andere.

Het Slimme Meisje vroeg ons kinderen om met haar mee weg te gaan uit de wijk van de koning. Wij weigerden, we wilden oom Kofi niet alleen laten.

Maar ze drong aan.

'Ooms leven is in gevaar,' zei ze en keek ons ernstig aan. 'Als het nodig is moeten we de goden helpen om het juiste besluit te nemen.'

Zo gauw ze op straat kwam, vroeg ze ons uit te kijken naar een man die haast had en die een lange staf droeg met een vergulde papegaai in de top.

Ja, zij wist zo het een en ander, het Slimme Meisje! Vlak voor de avond viel, zagen we een man die aan de beschrijving voldeed. Maar hij kwam niet van ver. Nee, hij kwam gewoon uit de koninklijke harem aan de andere kant van de straat.

'Vlug!' fluisterde het Slimme Meisje. 'Versper hem de weg!'

We vormden een haag voor de poort van de koninklijke wijk en groetten de man erg vriendelijk.

'Uit de weg!' siste hij geïrriteerd.

Maar het Slimme Meisje lachte heel lief naar hem.

'Zeg eens, boodschapper, heb je goed nieuws of slecht nieuws?' vroeg ze.

'Wat nu?' brieste de man en hief zijn staf dreigend op. 'Zien jullie niet dat ik de koninklijke boodschapper ben? Ik heb geen tijd om met een paar onnozele kinderen te kletsen!'

'Dan moet je het zelf maar weten,' antwoordde het Slimme Meisje rustig. 'Ik weet toevallig dat de koning in een vreselijk slecht humeur is vandaag.'

De man verstijfde.

'En het is niet ondenkbaar,' vervolgde het Slimme Meisje snel, 'dat de koning de boodschapper die slecht nieuws brengt, zal straffen.'

Het gezicht van de man werd grijs en hij begon te schudden over zijn hele lichaam.

'H-het is s-slecht nieuws,' stotterde hij. 'Triest, erg triest, verschrikkelijk triest...'

'Wat is het?'

'H-het gaat o-over de tweeling, die de favoriete vrouw van de koning zeven dagen geleden voor hem ter wereld heeft gebracht... een van de kinderen is gestorven!'

'Maak je niet ongerust,' zei het Slimme Meisje en gaf hem een geruststellend tikje op zijn knie. Je kunt het nieuws op een andere manier brengen. Luister je?

De boodschapper knikte hevig.

'Zo: "Eén van de pasgeboren koninklijke tweeling heeft de eerste zeven dagen overleefd. Volgens onze gewoontes kan het kind vanaf nu beschouwd worden als een echte mens"!'

De man zuchtte diep.

'Dankjewel!' kreunde hij. 'Zo zal ik het zeggen!'

En dat deed hij. Wij volgden hem op de hielen en toen hij zijn nieuws bracht, juichte het hof en alle gewone mensen ook.

'Ya, Kofi!' juichten ze. 'Ya, ya, ya, ya!'

Daarna werd oom Kofi uit de koninklijke keuken gehaald, waar hij zich had mogen bedienen van het koninklijke avondeten. De lijfwachten droegen hem op hun brede schouders rond de binnenplaats en juichten hem toe. Alleen de aanvoerder was er niet bij. Die stond in een hoek zo hard met zijn gorillatanden te knarsetanden dat het leek op het gesjirp van een hele zwerm krekels.

De kleine verschrompelde oude man slofte naar oom en veegde de verf van zijn neus. En de koning hield zijn belofte.

'Wat wil je als beloning, vreemdeling?' vroeg hij door middel van de woordvoerder.

Oom wilde drie asies goudzand. Zoveel als we nodig hadden om een pereguaan te krijgen.

Toen lachte de koning voor het eerst die dag. Hij lachte honend. En de mond van de woordvoerder viel open van verbazing.

'Ehh... ehh... zo weinig?' barste hij uit. 'Maar... de koning dacht aan tien pereguanen... de goden hebben immers... en bovendien een beloning voor... ik bedoel... het gewichtheffen... twaalf volwassen mannen is immers...'

Hij was zo verward als de hanen thuis in het dorp. En waarschijnlijk zou het nog drie maanden duren voor hij alles weer op een rijtje had.

'Drie asies goudzand,' herhaalde oom Kofi. 'Meer wil ik niet hebben. Teveel goud is alleen maar een last.'

En hij meende wat hij zei. Zo dom was hij in die tijd. Of zo wijs. Vele dingen in de wereld kun je op twee manieren bekijken.

Ja, ja, hij kreeg zijn drie asies in een leren buideltje. Wij overnachtten in de koninklijke wijk en vroeg de volgende morgen vertrokken we naar huis.

Onze moeders gaven ons veel complimenten, toen we thuiskwamen met het goud. Maar die complimenten werden afgewisseld met een hele hoop oorvijgen, omdat we van huis waren gegaan zonder toestemming

En trouwens, jij, de kleinste, kreeg de meeste oorvijgen. Dat was niet rechtvaardig. Maar daarna kreeg je meer troost en liefde dan wij. Dat was ook niet rechtvaardig.

Nou ja, morgen zal ik vertellen over de vingervaardige gouddief Kwabena en de kip die een natuurlijke dood stierf.

De vingervlugge gouddief Kwabena en de gestorven kip

De volgende morgen werden we niet door oom Kofi gewekt maar door onze opgewonden moeders.

Het was kort voor de dageraad en er was haast bij. Vlug, vlug!

We stonden op en volgden hen, slaapdronken, naar buiten, het nachtkoele erf op, de voorraadhut in. Een ogenblik later zaten we opgesloten.

Ja, opgesloten! Weten jullie het nog?

Zonder de minste uitleg! En zelfs zonder het kleinste hapje in onze maag!

Nou ja, van de honger hadden we niet lang last. Om de een of andere reden stond er een grote schaal met vers gekookte maïspap tussen de hopen gedroogde vis.

Terwijl we aten, kwamen het Slimme Meisje en oom Kofi afscheid nemen door de deurspleet. Ze gingen naar de stenen huizen van de verschrikkelijke witmannen in Amanforo om oom Kwesi's dode lichaam af te kopen.

'Zonder ons?' schreeuwden we wild van vertwijfeling.

De samenzwering tegen ons van onze moeders werd ons plotseling in zijn volle reikwijdte duidelijk.

Het Slimme Meisje en oom Kofi zouden vertrekken zonder ons. Zo was het beslist. Wij zouden in de voorraadhut zitten, alle elf, tot ze terugkwamen. En dat zou minstens vier dagen duren. Zo ver waren de stenen huizen van de verschrikkelijke witmannen.

'Lieve oom, je moet ons eruit halen!' smeekten we met grote aandrang.

Door de spleet zagen we hoe zijn gezicht zich vertrok alsof hij pijn had.

'Als ik jullie eruit laat, worden mijn zussen boos op mij,' fluisterde hij. 'En dat wil ik niet.'

'Maar als je ons er niet uitlaat, worden wij boos op jou!' zeiden we. 'Wil je dat dan liever?'

Dat was gemeen. Oom kon niet kiezen. Zijn onderlip begon te trillen en wij voelden ons echte slechteriken.

'Jullie komen er zelf wel uit,' zei het Slimme Meisje. 'Oom en ik beloven om traag te lopen zodat jullie ons kunnen inhalen.'

Ze vertrokken. Maar de voorraadhut was sterk gebouwd. We vonden geen manier om eruit te komen. Daar zaten we dan op de stapels gedroogde vis, ontmoedigd en door iedereen verlaten.

Toen werd de sleutel in het slot gestoken, de deur ging open en oma Yesiwa stond in de deuropening met een mand in haar ene hand.

'Gut, ik schrok me dood!' zei ze en sperde haar ogen open. 'Wat doen jullie hier? Ik dacht dat jullie meegegaan waren met Kofi en het Slimme Meisje naar de stenen huizen van de verschrikkelijke witmannen.'

Niemand antwoordde.

'Mogen jullie hier wel zitten?' vroeg ze.

Wij waren verbaasd. Wist oma Yesiwa dan niet dat onze moeders ons hadden opgesloten?

'Jasses, kinderen!' snoof ze. 'Je weet nooit wat voor streken ze uit gaan halen.'

Ze zette de lege mand op de grond.

'Nou ja, als jullie er dan toch zijn, kunnen jullie beter iets nuttigs doen! Vul de mand met vis en draag hem naar de kookhut!'

En ze verdween.

De deur stond wijdopen en buiten glinsterde de ochtend-
dauw in de schuine zonnestralen.

We vulden de mand en slopen met bonzende harten uit de
voorraadhut naar de kookhut, spiedend naar alle kanten.

De kookhut was leeg. Onze moeders waren nergens te beken-
nen. We zetten de mand neer. En weg waren we. We renden zo
hard we konden, namen het westelijke pad langs de zee. Het
duurde niet lang, voor we oom Kofi en het Slimme Meisje ingehaald hadden.

Oom was dolgelukkig. Hij danste rondom ons en zwierde met
zijn armen en benen als een chimpansee. Maar toen we vertelden dat oma Yesiwa ons uit vergissing had vrijgelaten, lachte
het Slimme Meisje.

'Oma wist dat jullie opgesloten zaten in de voorraadhut,'
legde ze uit. 'Ik heb het haar zelf verteld. Maar de vrouw is oud
en vergeet gemakkelijk – als het haar uitkomt.'

'Genoeg gepraat!' riep oom Kofi. 'Nu gaan we naar de verschrikkelijke witmannen!'

Weten jullie het nog? Hoe we in ganzenpas op de kronkelen-
de zandbanken tussen de zee en de lagunes liepen? Hoe we door
het opbollende witte schuim van de branding renden? Hoe we
in de schaduw van de palmbomen lagen te luieren op het heetst
van de dag? Hoe we de lelijke gieren opjoegen terwijl ze mosse-
len pikten in het zand? Hoe we verstoppertje speelden tussen de
rotsen?

En weten jullie nog die keer toen oom Kofi kokosnoten uit de
palmen schudde? Eén noot viel recht op zijn hoofd. Twom!
klonk het. Ieder die al ooit een kokosnoot op het hoofd heeft
gekregen, weet hoeveel pijn dat doet. Maar oom Kofi? Wat deed
hij? Hij bulderde van het lachen!

Af en toe liepen we langs een buurdorp, waar we drie dagen
eerder die mislukte inzameling hadden gehouden. Oom Kofi
wilde dat we die gierigaards zouden bezoeken en hen vertellen

dat we het hele losgeld bij elkaar hadden gekregen. Maar het Slimme Meisje kon het uit zijn hoofd praten.

'Hoe minder mensen weten dat we met een hele pereguaan goud rondlopen, hoe beter,' zei ze. 'Zelfs in de meest respectabele families zijn er dieven.'

De dag liep op zijn einde. Het was tijd om een onderkomen voor de nacht te vinden. Voor ons lag een onbekend vissersdorpje. Voor we het ingingen, waarschuwde het Slimme Meisje ons om onszelf niet te verraden.

'Het goud en het vrijkopen van oom Kwesi is ons geheim! Beloof dat jullie het niet verklappen!'

Wij beloofden het. En oom Kofi was zo opgewonden dat hij een heilige eed zwoer.

'Moge de goden me ter plekke doodbliksemen, als ik een enkel woord over het goud zeg!'

Het bleek dat we verre familie hadden in het dorp. We zochten de oudste op, een mager vrouwtje, dat oma Araba heette. Ze verwelkomde ons hartelijk.

Natuurlijk konden we bij haar overnachten! Stel je voor! Familie op doorreis! Het was niet elke dag dat je zo'n geliefd bezoek kreeg. Plaats was er gelukkig genoeg. We hoefden maar een slaaphut uit te kiezen! Eten kregen we ook, als we tevreden waren met het weinige dat er was. Het dorp was arm. Zelfs de ratten waren uitgehongerd.

We kozen een slaaphut uit die niet al te grote gaten had in het dak. Daarna gingen we bij de kookvuren op het erf zitten. Er zaten vooral vrouwen, kinderen en oude mannen.

'Waar zijn de mannen van de familie?' vroeg het Slimme Meisje.

'Zij zijn er vandoor,' antwoordde oma Araba. 'Sinds de zee al onze kano's heeft afgepakt, is er geen werk meer in het dorp.'

Toen wilde ze weten waar wij heengingen.

'Wij zijn op weg naar de verschrikkelijke witmannen in Amanforo,' antwoordde oom Kofi bereidwillig. 'We gaan...'

Het Slimme Meisje kreeg een geweldige hoestaanval en slaagde erin zijn woorden te smoren... Maar toen ze klaar was met hoesten vroeg het vrouwtje verder.

'En wat gaan jullie doen bij de witmannen?'

'Ja,' begon oom enthousiast. 'We gaan...'

Opnieuw kreeg het Slimme Meisje een hoestaanval. Een echte krakende hoestaanval. Oom klopte bezorgd op haar rug. En ze gaf hem een waarschuwende blik. Maar begreep hij waarom? Nee!

Oma Araba was koppig. Ze keerde zich naar ons, de kinderen en herhaalde haar vraag.

'We gaan inkopen doen!' schreeuwden we in koor.

'We gaan inkopen doen,' herhaalde oom en knikte. 'We gaan...'

Hij stopte en zat daar met open mond, terwijl zijn wenkbrauwen omhoog gingen. Eindelijk herinnerde hij zich dat we zouden zwijgen over het vrijkopen. Het Slimme Meisje slaakte een zucht van verlichting.

Maar nu waren onze nieuw ontdekte familieleden pas goed nieuwsgierig.

'Wat gaan jullie kopen?' vroegen ze door elkaar.

'Dat is een geheim,' antwoordde oom snel en knipoogde tevreden naar ons.

'Zo, jullie zijn op pad met een geheime opdracht,' zei iemand.

'Een geweldig geheime opdracht,' zei oom Kofi en hij genoot van de aandacht. 'Hoe minder mensen weten dat we met goud rondlopen, hoe beter!'

Het werd volkomen stil. Het enige geluid dat je hoorde was het knetteren van het vuur en het pruttelen van het eten in de ketel. Tin-tin-tin! En Pon-pon-pon-ponsa! Het Slimme Meisje en wij zaten er als versteend bij.

'Een pereguaan goud,' vervolgde oom en tikte op zijn brede riem, waar hij het goudzakje had verborgen.

En hij had nog wel een heilige eed gezworen!

Dus het volgende moment vloog hij zo heftig op dat zijn vissoep op jou spatte, jij die de jongste bent.

Een ogenblik lang stond hij daar te zwaaien als een palm in een stormwind. Hij wrong zijn handen en staarde naar de hemel. Hij verwachtte dat de goden hem ter plekke zouden doden. Maar om duistere redenen lieten ze hem leven.

Daarna liep hij met gebogen hoofd recht naar onze slaaphut en verdween door de deur naar binnen.

'Het zit zo met oom Kofi dat zijn lichaam sneller gegroeid is dan zijn verstand,' zei het Slimme Meisje aan de familieleden. 'Hij gedraagt zich als een kind van vijf.'

Toen begon ze over heel iets anders. En vertelde maar verder tot het tijd was om te gaan slapen.

We vonden oom Kofi in het verste hoekje van de slaaphut. Hij lag ineengekropen als een reuzenschubdier met de rug naar de deur.

'Niemand zal het van mij kunnen stelen,' kraste hij met een gebroken stem. 'Ik zal de hele nacht geen oog dicht doen!'

Hij had het over het goudzakje, dat hij in zijn handen had, tussen zijn kin, zijn borst en zijn knieën.

We lieten hem met rust en rolden onze slaapmatjes uit op een rij dwars over de kamer. We gingen heel dicht tegen elkaar aan liggen zodat een dief niet tot bij oom Kofi zou kunnen komen zonder op ons te trappen.

Het was moeilijk om in slaap te komen die avond. We waren ongerust en hoorden elk klein geluid. De wind die door de gaten in het dak gierde. De donder die in de verte zijn dreigende

Kokurooooom liet horen. De regenbuien die voorbij trokken en ta-ta-ta-ta op het dak kletterden.

Maar zoals jullie weten, vielen we ten slotte in slaap.

We sliepen de hele nacht en werden wakker bij dageraad.

We waren onmiddellijk klaarwakker.

Het was halfdonker in de kamer. Maar toch was het licht genoeg om te zien dat de slaapmatten niet langer in een rij van muur naar muur lagen. Iemand had ze verplaatst en zich een pad gebaand van de deur tot aan oom Kofi's hoek.

We vlogen overeind en slopen naar oom Kofi. Hij lag nog steeds in dezelfde houding als de avond ervoor. Hij was wakker en verbeten.

'Ik heb geen oog dicht gedaan,' verzekerde hij met een trots glimlachje. 'En kijk, hier is het goudzakje!'

Hij ging rechtop zitten en hield ons het zakje voor. Het was niet zo rond als het was geweest toen onze moeders het gevuld hadden. Nee, het was slap en ingezakt.

'Ja, dat is het zakje,' stelde het Slimme Meisje vast en stak haar kleine wijsvinger door een snee in de bodem van het zakje. 'Maar waar is het goud?'

Weg!

Weten jullie nog hoe oom schreeuwde en klaagde? Hij was ontroostbaar. Hij wilde zich gaan verdrinken in zee. Maar hij zakte gelukkig door zijn benen.

En weten jullie nog hoe oma Araba haar hoofd schudde en jammerde? Ja, ze riep wee en ach, wat een schande, nu zou haar dorp tot in der eeuwigheid het dievendorp genoemd worden en daarna begon ze weer van voor af aan!

Het Slimme Meisje was de enige die haar kalmte bewaarde. Ze onderbrak het vrouwtje en vroeg haar om alle familieleden samen te roepen die de avond ervoor bij het vuur gezeten hadden, toen oom Kofi zijn mond voorbij praatte.

Er werd verzamelen geblazen op de olifantstandtrompet van het dorp. Al gauw zaten de familieleden voor onze slaaphut slaapdronken te turen in het eerste grauwrode daglicht. Het vrouwtje wilde er stevig tegenaan gaan en iedereen slaan tot iemand de diefstal bekende.

'Dat is niet nodig,' vond het Slimme Meisje. 'Leen me een klein schaaltje en stuur dan je familieleden naar mij, een voor een!'

Ja, ze wist wat ze deed! Het was niet voor niets dat ze het Slimme Meisje genoemd werd!

Dus, de eerste van onze familieleden kwam. Het was een oud mannetje, kromgebogen en met een ochtendhumeur.

'Moet ik nu ondervraagd worden door een troep kinderkonten, die nog niet droog achter hun oren zijn?' brieste hij. 'Is de hele wereld gek geworden?'

Maar het Slimme Meisje vroeg hem vriendelijk om op het krukje tegenover haar te gaan zitten. Ze stak zijn pijp op. Had hij het zo naar zijn zin? Goed. Dan moest hij eens rustig luisteren naar het verhaal dat ze hem te vertellen had!

'In een vissersdorp op een dagmars van hier,' begon ze, 'woont oma Yesiwa. Dat is een degelijke en achtenswaardige vrouw. Vele jaren geleden nam de zee haar man en liet haar alleen achter met vijf kleine kinderen; twee zonen en drie dochters.'

De dochters groeiden op en gaven haar veel vreugde. Ze waren sterk en flink en ze hielpen goed met het dagelijkse zwoegen. Ze trouwden, kregen kinderen, werkten hard en klaagden nooit – zelfs niet toen hun mannen in een storm verdwenen en de kinderen vaderloos werden.

Maar oma Yesiwa's zonen gaven haar niet anders dan kommer en kwel – ieder op zijn manier.

De oudste lanterfantte en ontweek elke bezigheid. Op één na! Als het sap uit de oliepalmen gehaald moest worden om palmwijn te maken, dan hielp hij mee alsof zijn leven er vanaf hing.

De jongste groeide veel te vlug in zijn eerste levensjaren, zo snel dat zijn verstand achterbleef. Hij had er niets op tegen om te werken, maar hij deed alles achterstevoren.

Het was het lot van de oudste om een dronkaard te worden. Hij was van huwbare leeftijd toen hij voor het eerst de brandewijn van de verschrikkelijke witmannen dronk en het meer bedwelmend vond dan de lichte palmwijn. Vanaf die dag zat hij eraan vast als een vis aan een vishaak.

Hij zocht andere dronkaards op. Hij bleef vaak voor lange tijd weg en iedere keer als hij thuiskwam, huilde hij en beloofde nooit meer een druppel brandewijn te drinken. Maar het eindigde altijd op dezelfde manier. Hij stal gereedschap of gedroogde vis uit oma Yesiwa's voorraadhut, sloop weer weg, ging naar de markt en ruilde de gestolen waar tegen brandewijn.

Toen ontstond het plan om hem te laten trouwen. Zijn moeder en zusters dachten dat de zorgen van een goede vrouw hem de brandewijn zouden doen vergeten. Ze begonnen het huwelijk voor te bereiden. Het moest een schitterende bruiloft worden, die de familie nog lang zou heugen.

Maar brandewijn zouden ze niet schenken! Geen sprake van!

Dus besloot de zoon om zelf voor brandewijn te zorgen en er de bruiloftsgasten mee te verrassen. Veel brandewijn. Hij zou een heel tonnetje gaan ruilen in de stenen huizen van de verschrikkelijke witmannen. Maar waar moest hij het tegen ruilen? Zelfs al het eten voor de bruiloft dat in moeder Yesiwa's voorraadhut lag, zou niet genoeg zijn.

Misschien kon hij wachten met de betaling?

Een paar dagen voor de bruiloft, ging hij naar het grote stenen huis in Amanforo om de zaak te regelen. De witmannen stelden voor dat hij zichzelf in pand zou geven en voor hen zou werken, tot hij genoeg verdiend had om zichzelf vrij te kopen.

Hij ging op het voorstel in. Als de witmannen zo gemakkelijk voor de gek te houden waren, dan moesten ze het zelf maar weten!

Hij kreeg zijn brandewijn en keerde terug naar het dorp.

De bruiloft werd gevierd. Oma Yesiwa huilde van geluk – tot het tonnetje brandewijn tevoorschijn kwam en alle gasten zich er omheen verzamelden.

De volgende dag, toen hij nog herstelde van een kater, kwam een zeekano met de slavenopzichter van de verschrikkelijke witmannen om de bruidegom te halen. Dat had hij niet gedacht. Nu moest hij vaarwel zeggen tegen zijn bruid en meegaan naar het grote stenen huis om er zijn slavenwerk op te nemen.

Maar de familie moest zich niet ongerust maken, verzekerde hij hen. Binnen een of twee maanden zou hij zijn losgeld wel bij elkaar hebben.

Het duurde heel wat langer dan dat. Na drie jaar werd zijn bruid het wachten beu. En na negen jaar was hij nog steeds in het grote stenen huis.

Zie je, hij verdroeg het niet goed om iedere dag de verschrikkelijke witmannen te zien. Om dat te verdragen moest hij zijn kleine loon inruilen tegen brandewijn. Zijn leven vloeide uit hem weg en ten slotte stierf hij.

Toen oma Yesiwa in Amanforo aankwam om het dode lichaam te halen, lachten de witmannen haar uit. Haar zoon had nog schulden! Wilde ze zijn lichaam, dan moest ze het losgeld betalen!

Oma Yesiwa had niets behalve de luizen in haar lompen. Ze huilde en smeekte. Maar de verschrikkelijke witmannen bleven onbewogen. Onder haar ogen droegen ze haar zoon naar een omheining buiten hun stenen huis. Daar hadden ze grote houten stellingen gebouwd. Op die stellingen lagen de schuldslaven, die gestorven waren voordat ze zich vrij hadden kunnen kopen. Daar bleef haar zoon liggen tot ze met het losgeld kwam.

De dagen gingen voorbij. En voor elke dag die voorbij ging, legden de witmannen haar zoon een beetje hoger. Ten slotte raakte zijn lichaam aan de Goddelijke Woning en stoorde de goden. Ze werden boos. Toen de geest van de zoon op de veertigste dag in het Geestenrijk wilde binnentreden, werd hij weggejaagd.

Dezelfde nacht ging de geest naar zijn dorp en toonde zich aan moeder Yesiwa. Zij beloofde hem om ervoor te zorgen dat zijn lichaam in de aarde kwam.

Oma Yesiwa vroeg aan haar familieleden om haar goudzand te schenken. Maar ze waren gierig en gaven haar te weinig. Daarom zond ze haar jongste zoon, het vijfentwintigjarige kind, naar de stad Afutu om de koning om hulp te vragen. De zoon daagde de aanvoerder van de lijfwacht uit tot een wedstrijd gewichtheffen. De aanvoerder kon acht volgroeide lijfwachten opheffen. De zoon hief er twaalf op en won de wedstrijd. Maar toen de koning hem tien pereguanen goudzand wilde geven, weigerde hij er meer aan te nemen dan de drie asia's die er nog ontbraken voor het losgeld.

Twee dagen later ging de jongste zoon op pad naar het stenen huis van de witmannen om zijn broers dode lichaam los te kopen. Het goud droeg hij bij zich, verstopt in zijn brede riem. Hij kon overnachten bij familie in een dorp halfweg naar Amanforo. Hij durfde niet te slapen, hij waakte de hele nacht en hield zijn goud vast. Toch kwam zijn familie hem bestelen. Dezelfde familie die hem eten en onderdak had gegeven! Dezelfde familie waar hij vol vertrouwen alles aan verteld had.

Nu ligt hij daar in de hoek te treuren omdat zijn oudere broer een boze geest moet worden, die dood en ziektes verspreidt onder zijn familie.

'Kijk naar hem!' besloot het Slimme Meisje. 'En als je medelijden hebt met hem, zul je zo hard huilen dat je tranen deze schaal helemaal vullen!'

En de oude man met het ochtendhumeur huilde. Zelf had hij ook drie broers, negen zonen en zevenentwintig kleinzonen verloren aan de zee, maar zoiets triest als het verhaal van het Slimme Meisje had hij nog nooit gehoord of beleefd! Hij huilde. Poe-e-poe-e-poe-e, klonk het en in een mum van tijd was de schaal vol.

Toen zei het Slimme Meisje dat hij een goed mens was en niet de dief die ze zocht. Hij kon gaan en het volgende familielid kwam binnen.

Op die manier testte ze onze familieleden in het arme dorp. Ze kwamen, een na een, ze luisterden, ze huilden en daarna mochten ze gaan. De schare op het erf kromp zienderogen. Wij begonnen te twijfelen of ze de dief zou kunnen ontmaskeren.

Ten slotte was er enkel nog een jongeman, die net de huwbare leeftijd bereikt had. Hij was vel over been. Zijn hoofd was groot, maar toch mooi. De ogen lagen diep in hun kassen, ze waren ravenzwart en zijn blik was moe en triest.

Zou dat de dief kunnen zijn?

Het Slimme Meisje herhaalde haar verhaal voor hem en deze keer vertelde ze het nog triester dan alle andere keren. Weten jullie nog hoe we moesten huilen? Maar de jongen vertrok geen spier, hij knipperde niet eens met zijn ogen. Toen kreeg hij de schaal en bracht hem naar zijn ogen.

Hij probeerde te huilen, maar hoe hij zijn gezicht ook in allerlei plooien trok, hij kon geen enkele traan tevoorschijn persen.

Hij gaf het op, zette de schaal op de grond en keek ons aan. Hij zei niets. Maar zijn nachtzwarte ogen vertelden wel iets, ze vertelden dat hij de dief was. En bovendien vertelden ze, dat er andere en diepere zorgen zijn in de wereld dan de zorgen die een schaal met tranen vullen.

Hij stond op en leidde ons – nog steeds zwijgend – door zijn dorp. Alle familieleden sloten zich aan achter ons. En achter onze familieleden volgden de andere dorpsbewoners.

Hij nam ons mee naar het strand waar hij ons goud opgroef. Hij had het in een stuk stof gewikkeld.

Zijn naam was Kwabena.

'Ik dank je, Slim Meisje, omdat je hem hebt ontmaskerd,' zei oude oma Araba. 'Zijn schaamte is onze schaamte. En nu komt het de dorpsraad toe om hem te straffen.'

Toen de nacht gevallen was, verzamelden de vrouwen van de dorpsraad zich rond de vuurschalen in de grote raadhut.

Kwabena kreeg de straf, die men gewoonlijk gaf aan de dieven in de buurt. Hij werd naar de afvalhoop gestuurd om er een vanzelf gestorven huisdier te zoeken. Hij kwam terug met een dode kip. Oma Araba knoopte de kip aan een stevige leren koord en hing haar rond zijn nek.

'En daar moet ze blijven hangen,' legde oma uit, 'tot ze rot en afvalt, veer na veer, stuk na stuk, beentje na beentje!'

De ongelukkige Kwabena boog zijn hoofd. Hij had het begrepen, hij schikte zich.

'Bovendien moet je met Kofi en de kinderen naar Amanforo! Je moet de kip zichtbaar dragen en aan jan en alleman vertellen waarom je ze moet dragen en zo de andere dieven waarschuwen.'

Kwabena boog opnieuw zijn hoofd. Ook daar voegde hij zich naar.

'En pas goed op dat je de kip niet helpt vallen!' vervolgde het vrouwtje. 'Als je dat doet dan wacht je nog een grotere straf!'

'Een vanzelf gestorven kalkoen rond je nek!' schreeuwde oom Kofi en sloeg zich op de knieën.

Jaja, nu het Slimme Meisje het goud gevonden had, kon hij weer lachen!

En alle familieleden lachten goed om de grap. Iedereen behalve Kwabena. Zijn ogen waren even droevig als tevoren.

Ach Kwabena, Kwabena!

Herinneren jullie je nog de wandeling naar het westen langs het strand, de volgende dag? Zien jullie Kwabena en zijn bungelende kip nog voor je?

Hij liep daar helemaal alleen, somber en zwijgend, aan onze lijzijde zodat we de vieze stank van de kip niet hoefden te ruiken. Hij bekeek ons met ogen zwart van vertwijfeling.

Ten slotte konden we het niet langer laten. We vroegen hem hoe hij het aangepakt had om het goud te stelen zonder dat wij er iets van merkten. Maar hij haalde zijn schouders op en antwoordde met één enkel woord dat de wind fluks met zich meenam.

Hij was zwijgzaam en gedroeg zich raadselachtig, de gouddief Kwabena. We leerden hem niet kennen. Misschien was het daarom dat we allemaal stiekem van hem hielden. Ieder van ons hoopte om zijn vertrouweling te worden, om op een dag zijn donkere geheim te leren kennen en hem te troosten.

Ach Kwabena, Kwabena, alles zou je verdragen bij de verschrikkelijke witmannen! Al die verwensingen en die klappen en slagen. Ja, ik ril nog als ik eraan denk...

Maar ik loop vooruit op de gebeurtenissen. Morgen zal ik vertellen over hoe we aankwamen in Amanforo en de verschrikkelijke meneer de korporaal ontmoeten.

Het stenen huis van de verschrikkelijke witmannen en de verschrikkelijke meneer de korporaal

Ieder die al eens een verse hondendrol bestudeerd heeft, weet dat die honderden vliegen lokt. Zo is het ook met het grote stenen huis van de verschrikkelijke witmannen in Amanforo. Karavanen uit verre steden en landen trekken er heen. Kooplui ruilen slaven en krijgsgevangenen tegen kruit, kogels en donderstokken. Of tegen brandewijn, die wonderdadige drank van de witmannen, die zowel slavendrijvers als slaven troost.

Weten jullie nog hoe we daar op een hoge heuvel stonden en het grote stenen huis voor de eerste keer zagen?

Het lag tussen de stad en de haven. Nee, het lag niet, het leek vrij te zweven boven het strand en het zag er zo fout en vreemd uit dat we rilden in de hitte!

Maar oom Kofi rilde niet. Hij was ongeduldig, hij trok aan ons en duwde ons in de richting van de stad.

'Maar haast jullie dan toch!' zeurde hij. 'Denken jullie dat mijn arme broer zin heeft om eeuwig te blijven wachten?'

'Ach wat, hij heeft al zesenveertig dagen gewacht, dus hij kan het nog wel een halve dag uithouden,' vond het Slimme Meisje.

Amanforo was omgeven door een staketsel, net als Afutu. En de stadspoort werd door koninklijke soldaten met donderstokken bewaakt. Ze zaten of lagen onder een zonnedak en verroerden geen vin, toen wij eraan kwamen. Oom Kofi probeerde uit te leggen wat ons naar de stad bracht. Maar hun aanvoerder gromde ongeduldig. Hij had geen tijd om kletspraatjes te houden met elke reiziger die de stad in wilde.

'Ga de stad in!' zei hij. 'Of verdwijn! Voor mij blijft het hetzelfde.'

Oom was verrukt. Gewoonlijk beslisten anderen voor hem wat hij moest doen. Nu kon hij zelf kiezen.

'Dan gaan we de stad in,' besloot hij en stak zijn kin in de lucht.

We gingen door de poort naar binnen en wandelden door de smalle straatjes naar het verschrikkelijke stenen huis van de witmannen.

En daar was het!

We zagen dat het huis op een landtong stond, die recht in de briesende, schuimende zee stak. Het was gebouwd in steen, zoals het ons verteld was. En witgekalkt. Het was zo wit, dat het pijn deed aan de ogen!

Het was groot! De muur het dichtst bij ons, was zo lang als dertig gewone huizen. En zo hoog als vier huizen.

'Weergaloos,' fluisterde het Slimme Meisje. 'Hoe hebben ze het zo hoog kunnen bouwen?'

'Misschien deden ze hetzelfde als de metselaars van de koning,' dacht oom Kofi. 'Onderaan beginnen.'

En toen zagen we de eerste witman in ons leven. Hij liep heen en weer op het platte dak van het stenen huis. We staarden en tuurden. Maar de zon verblindde ons en we konden zijn gezicht niet zien. Nou ja, we zouden ze vroeg genoeg van dichtbij zien!

Hij was in elk geval dik aangekleed. Alsof hij het koud had in de hitte.

Oom zeurde dat we verder moesten gaan. Ons doel was immers de lijkenplaats en niet het stenen huis.

De lijkenplaats lag op een kleine heuvel naast het huis en aan de lijzijde zodat de verschrikkelijke witmannen geen last zouden hebben van de stank van de doden als de moessonwinden waaiden. Het had enkel een simpele omheining, vier palissaden met hoge stammen.

Boven de spitse uiteinden van de stammen zagen we palen en platformen.

Op de platformen lagen langwerpige, zwarte bundels. En boven die bundels cirkelde een vlucht gieren.

Plotseling hoorden we een doffe knal. Pom! Klonk het. Een gier maakte een buiteling in de lucht, veren vlogen naar alle kanten en de vogel dwarrelde naar beneden in de omheining. De rest van de vlucht fladderde weg op zware vleugels. Fa-fa-fa, klonk het.

Toen beseften we wat er in die zwarte bundels zat. We durfden er niet meer naar te kijken. Behalve oom Kofi, die durfde wel.

'Kwesi,' jammerde hij zielig. 'Ben je daar?'

Maar hij kreeg geen antwoord.

Aarzelend liepen we rond de omheining. Nu waren we niet langer zo uitgelaten en stoer. Aan de andere kant vonden we een klein wachthuisje en een poort. Oom raapte zijn moed bij elkaar en bonsde op de poort. Kun, kun! klonk het. We wachtten met ingehouden adem.

'Gedraag je fatsoenlijk!' zei het Slimme Meisje. 'Staar de witmannen niet aan! Wijs er niet naar! Doe alsof het gewone zwarte mensen zijn, zoals wij.'

De poort werd opengedaan... nee, hij werd open geschopt. Kado! klonk het en daar tuimelde de verschrikkelijke meneer de korporaal naar buiten met een rokende donderstok in zijn handen.

Wij schrokken ons rot. Ieder van ons moest zich op de lippen bijten om niet luidop te gaan schreeuwen.

De witman was de lelijkste mens die we ooit hadden gezien.

Die lichte huid met dezelfde kleur als de buik van een platvis! Die vleesklomp van een neus die verbrand was door de zon, het vel eraf, sponzig en lila gekleurd! En die ogen! Ja, de ogen waren het ergst! Blauw en waterig en dood als vissenogen!

53

Deze aanblik joeg hen meer schrik aan dan de geest van oom Kwesi.

De korporaal zei iets. Het klonk als apengesnater. We verstonden er geen woord van.

Hoe is het mogelijk, de witmannen woonden al jaren in Amanforo en toch was deze er niet in geslaagd om begrijpelijk te leren spreken!

Het Slimme Meisje vond haar beheersing terug en vertelde hem waarvoor we gekomen waren. Ze praatte erg langzaam en gebruikte simpele woorden – alsof ze tegen een klein kind sprak.

Maar dat hielp niet. De witman taterde en gaf een teken dat we moesten verdwijnen.

Toen wees ze naar de platformen, die je boven de omheining zag uitkomen.

'Kwesi?' zei ze op een vragende toon. 'Kwesi? Kwesi?'

Eindelijk leek de domkop het te begrijpen. Hij knikte geestdriftig. Maar daarna wees hij naar het stenen huis en brabbelde een lange reeks woorden. Het klonk als gekkentaal.

Het Slimme Meisje vroeg oom Kofi om het goud tevoorschijn te halen. Hij haalde het leren zakje tevoorschijn en zij wees ernaar met haar kleine wijsvinger.

'Goud!' zei ze luid en duidelijk. De vissenogen van de witman puilden bijna uit hun kassen. Het woordje goud, dat had hij wel geleerd!

Toen wees ze met haar andere wijsvinger naar de platformen.

'Kwesi!' zei ze.

Daarna bracht ze haar wijsvingers samen en liet ze van plaats verwisselen. Dat moest hij toch kunnen snappen, die domkop van een witman!

Hij nam zijn hoed af, krabde zo hard op zijn kale, schilferige hoofd dat de schilfers in het rond vlogen en loerde om beurten naar het goud en naar het stenen huis.

Daarna knikte hij, mekkerde als een geit en maakte een kruis met zijn wijsvingers. Wij, de kinderen, slaakten een elfstemmige zucht van verlichting.

Toen strekte de man zijn hand uit naar het goudzakje. Maar het Slimme Meisje nam het snel over en legde hem uit, dat hij eerst oom Kwesi's lichaam moest halen. Dan pas zou hij het goud krijgen.

Hij werd razend. Hij toonde zijn tanden en blafte als een dolle hond. Verschrikt deinsden we achteruit.

Maar het volgend ogenblik veranderde hij weer totaal. Hij glimlachte vleiend en gaf een teken dat we moesten wachten. Daarna verdween hij voor een lange tijd binnen de omheining.

Hij bleef lang weg. Toen hij terug kwam sleepte hij een zwarte bundel achter zich aan. Hij zuchtte en pufte en droogde het zweet van zijn voorhoofd. De hele tijd loerde hij naar het stenen huis.

Ach, hadden we maar begrepen waarom hij zo loerde! Dan waren we aan heel wat ellende ontsnapt. Maar wij begrepen niets, we vermoedden niets en daarom liep alles zoals het liep.

De bundel was een zak van zeildoek. Hij was dichtgenaaid en geteerd en had dezelfde vorm als een mensenlichaam.

De witman sleepte hem tot bij ons en strekte zijn hand uit. Het Slimme Meisje gaf hem het goudzakje. Hij deed het met bevende handen open, kakelde als een jonge kippenmoeder, rende de omheining weer in en trok de poort achter zich dicht.

Eerbiedig en met tranen in de ogen nam oom Kofi de zak in zijn armen en wiegde hem alsof het een kind was.

'Hij is helemaal hard en stijf,' fluisterde hij.

'Hij zal verdroogd zijn,' vermoedde het Slimme Meisje. 'Hij heeft immers in de zon en de zeewind gelegen. Laten we naar huis gaan!'

We lieten de lijkenplaats en het stenen huis achter ons en liepen door de stad. Oom Kofi droeg de langwerpige zak op zijn hoofd. We voelden ons voldaan en waren tevreden dat de zaak met de verschrikkelijke witmannen geregeld was.

Maar plotseling stopte het Slimme Meisje. Haar ronde kindergezicht stond grimmig.

'De witman heeft het goud niet gewogen,' zei ze met een hese stem. 'Hij had zich er toch van moeten verzekeren dat we hem het juiste gewicht aan goud gaven. Of niet soms?'

Toen trok Kwabena zijn mes. En zonder een woord te zeggen tornde hij de naad open aan het hoofdeinde van de zeildoekzak. Tesee, klonk het.

Oom Kofi had dit niet verwacht en hij reageerde zo bruusk dat de inhoud van de zak eruit gleed en op de grond viel. Kum! klonk het.

We staarden en staarden er naar.

Het was niet oom Kofi's oudere broer die daar lag. Het was niet eens een dode mens – maar een stam, met een bijl grof gevormd als een mensenlichaam.

We snapten er niets van. En oom keek in de lege zak, riep, graaide er met zijn ene arm in. Toen hij zijn broer niet vond, draaide hij de zak binnenstebuiten en begon opnieuw.

Jaja, nu kunnen we hier wel zitten lachen om zijn kinderachtigheid! Maar daar op straat briesten en snauwden we naar hem. We klonken net als zijn zussen.

Langzaam drong het tot ons door dat we bedrogen waren. En Kwabena's ogen werden nog zwarter en droeviger dan ooit.

Wat konden we anders doen dan de stam weer in de zak steken, rechtsomkeert maken en opnieuw de hele stad doordraven om op de poort van de omheining te gaan kloppen?

De poort werd open geschopt. Kado! klonk het. En de witman kwam weer naar buiten getuimeld. Als hij niet met een hand de poort had vastgegrepen, zou hij op zijn hoofd terecht gekomen zijn.

Daar hing hij dan onnozel te knipogen naar ons, een brande-wijnkroes tegen zijn borst geklemd met zijn andere hand. Zijn vreselijke brandewijnadem maakte ons duizelig.

Maar toen hij ons herkende, wierp hij zich naar achter en trok de poort weer dicht.

Een voor een zonken we ineen op de grond, radeloos en ver-twijfeld.

Herinneren jullie je nog onze vertwijfeling? Onze diepe, ver-lammende vertwijfeling? Zelfs oom Kofi had genoeg verstand om vertwijfeld te zijn.

Toen kwam de merkwaardige halfbloed Karl-Kwadjo ons ver-haal binnengewandeld. Volgende keer zal ik over hem en zijn vriendelijke moeder vertellen.

De merkwaardige halfbloed Karl-kwadjo en zijn lieve moeder

We kwamen veel merkwaardige mensen tegen op onze reis. Maar de merkwaardigste van allemaal was de jongen Karl-Kwadjo. We geloofden onze ogen niet toen hij ineens voor ons stond en voor elk een sierlijke buiging maakte.

Hij was gekleed in een mengeling van witmanskleren en gewone kleren. Zelf was hij half wit en half zwart. Zijn rechter gezichtshelft was wit, de linker zwart. Zijn haar was voor de helft geel en voor de helft zwart. Het ene oog was blauw en het andere zwart. De rechter arm was wit, de linker was zwart. Het linker been was zwart, het rechter wit. Ja, de helft van alles was wit en de helft was zwart.

Hoe het met zijn piemel zat, zijn we nooit te weten gekomen. Niemand van ons durfde het te vragen in de vijf, zes of zeven dagen dat we samen waren en daarna konden we er alleen maar naar raden.

'Alsjeblieft, bekijk me maar eens goed!' glimlachte hij. 'Daar ben ik aan gewend. Ik weet dat ik de enige in mijn soort ben. Mijn vader was een verschrikkelijke witman en mijn moeder is zo zwart als jullie. Maar veel mooier. Karl-Kwadjo heet ik. Hebben jullie een tolk nodig bij jullie bezoek aan Amanforo dan kan ik jullie van dienst zijn.'

Niemand antwoordde, we waren van slag.

'Is het zoals ik denk en kunnen jullie de taal van de verschrikkelijke witmannen niet spreken?' vervolgde hij.

Weifelend keken we elkaar aan. Konden we hem vertrouwen? Hij was immers voor de helft wit! Hij snapte maar al te goed waarom we twijfelden.

'Jullie kunnen je gerust aan mij toevertrouwen,' zei hij kalm met de zwarte helft van zijn gezicht. 'Ik heb het hart aan de juiste kant: aan de linkerkant. In mijn zwarte deel. Als jullie me niet geloven mogen jullie eens voelen!'

Het Slimme Meisje drukte haar handpalmen tegen zijn borst en verzekerde zich ervan dat hij de waarheid sprak.

'Vertel me wat jullie hier bij de lijkenplaats van de witmannen komen doen!' zei hij.

'Een witman daarbinnen heeft ons bedrogen,' zuchtte ze. 'We gaven hem het losgeld voor het lichaam van onze dode oom. Eén pereguaan goud. Maar in plaats daarvan kregen we deze boomstam.'

Ze trok het zeildoek opzij en liet het hem zien.

'Zo zijn de witmannen,' zei hij met medelijden. 'Maar sorry, nu moet ik het eerlijk zeggen. Jullie stinken verschrikkelijk.'

En toen was de arme Kwabena verplicht om naar voor te komen en uit te leggen waarom.

'Die stank komt van mijn vanzelf gestorven kip,' zei hij. 'Die draag ik als straf omdat ik het goud van mijn metgezellen probeerde te stelen. Je bent gewaarschuwd, broeder!'

'Dankjewel voor de waarschuwing,' zei Karl-kwadjo. 'Maar had je de witman niet moeten waarschuwen?'

'Hij verstaat onze taal niet,' mompelde Kwabena somber. 'Maar ik wil het proberen, als jij me helpt.'

En toen bonkte hij hard op de poort. Kun-kun! klonk het. De poort werd onmiddellijk geopend, de verschrikkelijke meneer de korporaal wankelde naar buiten en trok met een verbluffende snelheid zijn sabel.

Wij deinsden terug. Karl-Kwadjo kroop achter Kwabena's rug. Maar Kwabena was niet bang. Hij hield zijn kip omhoog.

'Zie je deze kip?' zei hij met een lage, zachte stem. 'Die moet ik dragen omdat ik het goud probeerde te stelen. Hetzelfde goud dat jij je met bedrog hebt toegeëigend. Wees gewaarschuwd, witman! Geef het goud terug of geef ons het dode lichaam van oom Kwesi!'

Karl-kwadjo vertaalde de woorden naar de taal van de witmannen – als je dat tenminste een taal kunt noemen – en praatte met de witte helft van zijn mond.

De witman wankelde op zijn benen en antwoordde met hoongelach. Daarna pulkte hij met zijn sabelpunt in de kip, trok een grimas van afschuw, spuwde tussen Kwabena's voeten en schreeuwde iets.

'Maak dat je wegkomt!' vertaalde Karl-kwadjo met de zwarte helft van zijn mond.

Maar Kwabena bleef staan. Hij wees zwijgend naar de zak met de stam in. De witman krijste iets uit volle borst.

'De witman vraagt zich af of je denkt dat hij zo dom is om een houten figuur aan te nemen in ruil voor je oom?' vertaalde Karl-Kwadjo.

'Leugens!' protesteerde het Slimme Meisje. 'Zeg hem dat hij een leugenaar is!'

'En bovendien een schurk en bedrieger,' zei Kwabena en strekte zijn kip naar de neus van de witman.'

Karl-kwadjo vertaalde. Toen gaf de witman Kwabena een geweldige slag met de vlakke kant van zijn sabel. Twoem! klonk het. De jongen zonk in mekaar en lag op de grond met de diepste droefheid en pijn in zijn grote ogen. De witman leunde zich over hem heen en krijste en zwaaide wild met zijn wapen. Ach die arme Kwabena!

'De witman zegt dat hij gehakt zal maken van Kwabena en de kip,' vertaalde Karl-Kwadjo. 'Ik kan eraan toevoegen dat gehakt een gerecht is van de witmannen.'

'Is het lekker?' wilde oom Kofi weten.

'Lieve oom Kofi,' vroeg het Slimme Meisje, 'zet dat eten even uit je hoofd en pak de witman zijn sabel af!'

Maar oom Kofi weigerde.

'Dan moet ik vechten,' jammerde hij. 'En het is lelijk om te vechten.'

Hij deed de ogen dicht en zette zijn handpalmen tegen zijn oren om niet te moeten zien of horen wat er gebeurde.

Plotseling kwamen er van het stenen huis drie soldaten aangerend. Ze waren zwart als wij, maar gekleed in dezelfde kleren als de witman. Aan hun voeten droegen ze simpele sandalen. Prada-prada, klonk het toen ze renden.

'Ks, weg jullie!' schreeuwden ze. 'Waag het niet om meneer de korporaal lastig te vallen! Weg! Vort!'

Ze schreeuwden in onze taal. En ze richtten de donderstokken van de witmannen op ons.

Wij hielpen Kwabena overeind, sleepten oom Kofi en de zak met de stam mee en verlieten de lijkenplaats. Wat hadden we anders kunnen doen?

De vreselijke meneer de korporaal schreeuwde ons na, lachte ons uit en wuifde ons weg.

'Kom maar terug als jullie het losgeld bij elkaar hebben,' vertaalde Karl-Kwadjo.

Dat onze opdracht zo smadelijk zou eindigen, hadden we ons niet kunnen indenken!

We wisten niet meer welke kant we op konden. We konden toch niet naar huis gaan met een boomstam in plaats van oom Kwesi.

'Lieve vrienden,' zei Karl-Kwadjo. 'Kom mee naar ons huis, mijn moeder zal jullie lekker en voedzaam eten geven! Daarna zullen we onder de schaduwboom gaan zitten en een oplossing zoeken voor ons probleem.'

Ja, hij zei 'wij' en 'ons' – niet 'jullie' en 'je'. Zo was hij, Karl-Kwadjo! Hij zorgde zomaar voor ons en maakte van ons probleem ook het zijne.

We keken naar zijn linker gezichtshelft en kregen weer hoop. We volgden hem naar het huis van zijn moeder, midden in de stad.

Herinneren jullie je Karl-Kwadjo's moeder? Weten jullie nog hoe mooi ze was? En vrolijk? En zorgeloos? En gastvrij?

Natuurlijk konden we te eten krijgen. En een slaapplaats. Ze vroeg niet wie we waren of waar we vandaan kwamen of wat we in Amanforo kwamen doen. Ze vroeg niet eens waarom een van ons een stinkende kip om de magere nek droeg.

Nee, ze begroette ons vrolijk, zette haar grootste pot op het vuur, haalde grote hoeveelheden eten tevoorschijn en begon te koken, terwijl ze zong, neuriede en floot. Af en toe draaide ze zich om en gaf ons een verblindende lach.

Heilige maangodin, wat een moeder! Niet te vergelijken met onze bittere, doodvermoeide moeders!

'Een ding kan ik niet begrijpen,' zei Karl-Kwadjo zo gauw we onder de schaduwboom zaten. 'Waarom gaven jullie het geld aan meneer de korporaal? Zijn jullie dan geen sprekend blad gaan halen in het stenen huis?'

De mond van het Slimme Meisje viel open. Onze monden vielen open.

'Jullie zijn dus niet naar het stenen huis gegaan?'

'Nee, we gingen recht naar de lijkenplaats,' mompelde het Slimme Meisje.

Toen kregen we te horen hoe het vrijkopen van verpande lijken van familieleden in zijn werk ging. Ten eerste: men begeeft zich niet naar de lijkenplaats maar naar het grote stenen huis. Ten tweede: men bezoekt niet de witman die meneer de korporaal heet, maar de witman die meneer de hoofdkoopman heet. Ten derde: men geeft de losgeld aan meneer de hoofdkoopman en krijgt een sprekend blad in ruil. Ten vierde: men brengt dat sprekende blad naar de lijkenplaats en geeft het aan meneer de korporaal. Ten vijfde: het sprekende blad deelt meneer de korporaal mee dat men het goud aan meneer de hoofdkoopman heeft betaald. Ten zesde en ten laatste: het sprekende blad beveelt meneer de korporaal om het vrijgekochte lichaam af te geven.

'Zie je,' vervolgde Karl-Kwadjo, 'witmannen kunnen zich niet aan hun woord houden. Het is hun natuur en tegen de natuur kan niemand iets beginnen. Ze vertrouwen elkaar niet eens. Daarom moeten ze te pas en te onpas sprekende bladeren met zich meeslepen. In hun stenen huis hebben ze kamers vol met stapels papier. De sprekende bladen kunnen namelijk niet liegen.'

'Maar waarom had de witman die meneer de korporaal heet ons oom Kwesi niet kunnen geven en dan bij de witman die meneer de hoofdkoopman heet ons goud kunnen omruilen tegen een sprekend blad?' vroegen we ons af.

Karl-Kwadjo's witte gezichtshelft grinnikte honend, maar zijn zwarte helft bleef ernstig.

'De korporaal wilde het goud zelf houden. Daarom kon hij het lichaam niet geven. Zie je, een keer per maand gaat de belangrijkste witman naar de lijkenplaats. Hij heet meneer de gouverneur. Eerst telt hij alle lijken die er liggen en vervolgens alle bladen die meneer de korporaal gekregen heeft. En dan moet er één blad zijn per ontbrekend lichaam, anders loopt het slecht af met meneer de korporaal. Maar meneer de korporaal is even listig als de spin Kwaku Ananse in de verhalen. Omdat jullie eerst bij hem kwamen, gaf hij een bewerkte boomstam in ruil voor het goud. en toen jullie terug kwamen om te klagen...'

'... toen riep hij dat we idioten waren die ons inbeeldden dat hij oom Kwesi's lichaam zou inruilen tegen een oude boom-stam,' vervolgde het Slimme Meisje. 'Ja, hij riep zo hard dat de soldaten van het stenen huis het hoorden en zo had hij getuigen die zijn woorden konden bevestigen!'

Ja, het Slimme Meisje zag nu in hoe het gelopen was. Karl-Kwadjo's ogen blonken bewonderend. Zowel het blauwe als het bruine oog blonk.

'Om zo klein te zijn, ben je wel ongewoon slim,' zei hij.

Maar het Slimme Meisje gaf geen krimp. Zij gaf niet om gevlei en mooie woorden. Ze wist dat ze slim was. Voor haar was het even natuurlijk om na te denken als voor een worm om te kruipen.

Het eten was klaar. Karl-Kwadjo's moeder bracht het ene volle bord na het andere en vroeg ons om met eten te beginnen. Ze hoefde het geen twee keer te vragen. We smulden van gebraden schapenvlees in knapperige, goudbruine stukjes, gekookte wilde vogels, groentesoep, dampend warm brood dat in bananenbladeren was gebakken, hoge bergen puree van bananen en wortels, vissaus, gebakken en gekookte vis, gekruid met heerlijke sterke guinea-pepers.

Toen we gegeten hadden en alle schalen waren leeg geschraapt, zonken we samen neer. Ho-ho-ho, klonk het. Kwabena zonk op z'n eentje ineen in een hoekje.

We waren verzadigd. Het had een rustige en gezellige avond kunnen zijn, als het verlies van het goud ons niet had dwars gezeten. Een hele pereguaan goudzand waren we door bedrog kwijtgespeeld!

'Wat doen we nu?' vroeg oom Kofi en zuchtte diep.

En wij zuchtten even diep.

'Ik zie maar één oplossing voor ons probleem,' zei Karl-Kwadjo.

We veerden op en keken hem aan.

'Laten we vannacht naar de lijkenplaats gaan en oom Kwesi's lichaam halen!' fluisterde hij met glinsterende ogen.

Nee, het was alleen het bruine oog dat glinsterde.

64

'Dat is diefstal,' mopperde Kwabena vanuit zijn hoekje. 'Ik waarschuw jullie!'

'Het is geen diefstal,' antwoordde het Slimme Meisje onmiddellijk. 'We halen gewoon wat ons toebehoort. Niemand zal er last van hebben. Als de gouverneur de lichamen telt en ziet dat er één te weinig is, moet meneer de korporaal het goud afgeven. En dan is alles in orde. Is het niet, Karl-Kwadjo?'

'Je haalt me de woorden uit de mond,' lachte Karl-Kwadjo.

'Diefstal is diefstal – ook al steel je van dieven,' mopperde Kwabena eigenwijs.

'Ben je bang?' snoof het Slimme Meisje. 'Als je ons niet durft te helpen, moet je teruggaan naar je dorp!'

'O nee, zo gemakkelijk komen jullie er niet vanaf,' antwoordde Kwabena. 'Mijn trouwe kip en ik volgen jullie om jullie er aan te herinneren wat jullie aan het doen zijn. Dat is een deel van mijn straf.'

Ach, Kwabena, Kwabena! Je was wijzer dan het Slimme Meisje, maar dat zagen wij niet!

In zekere zin was het de moeder van Karl-Kwadjo die de onenigheid oploste. Ze vond dat we lang genoeg gepraat hadden. Het was tijd om te slapen.

'Ook dieven moeten slapen,' zei ze.

En waren twee slaaphutten rond het erf. Maar niemand wilde slapen bij Kwabena en zijn kip. Zij kregen de ene hut helemaal voor hen alleen. Karl-Kwadjo, zijn moeder en wij allemaal verdrongen ons in de tweede hut.

Net toen we in slaap waren gevallen, stond het Slimme Meisje op en vroeg Karl-Kwadjo of hij wakker was. Hij antwoordde in de taal van de witmannen.

'Je bent dus half wakker,' constateerde ze en schudde zijn zwarte kant door elkaar tot hij helemaal wakker was.

'Ik dacht aan iets,' ging ze verder. 'Er zijn tien platformen in de lijkenplaats. Hoe komen we te weten welke de juiste is?'

Ze kreeg een antwoord. Al was het niet Karl-Kwadjo maar oom Kofi die ergens in het donker een antwoord gaf.

'We vragen het gewoon.'

'Oom, denk toch na!' kreunde het Slimme Meisje. 'Moeten we soms de korporaal wekken en zeggen: "Excuseer, goede verschrikkelijke witman, we komen oom Kwesi's lichaam stelen. Wilt u ons alstublieft het juiste platform aanwijzen?" Denk je nu werkelijk dat de witman dat doet?'

'Ja hoor,' antwoordde oom. 'Als je beleefd bent, krijg je altijd hulp.'

Zoals ik al zei, soms kon je oom Kofi echt beu worden. Het Slimme Meisje zuchtte diep. Oevoea, klonk het.

'Karl-Kwadjo,' zei ze. 'Hoorde je mijn vraag?'

'Er is maar één manier,' mompelde de jongen tegen zijn zin. 'We moeten de zakken een voor een open tornen... en kijken.'

'In het donker?' het Slimme Meisje zuchtte opnieuw. 'Onmogelijk!'

'We krijgen nog maneschijn vannacht,' zei Karl-Kwadjo en gaapte zodat zijn kaken kraakten. 'Vertrouw op mij!'

Wat dacht je? De gedachte alleen al deed ieder van ons kippenvel krijgen. In een wip waren we klaarwakker, alle elf. Daarna lagen we samengepakt in de slaapmatten, hielden elkaar bij de hand en spiedden naar alle kanten in de ondoordringbare duisternis. We zagen op tegen dat wat later op de nacht zou gebeuren.

Karl-Kwadjo's moeder had beloofd om ons vlak na middernacht te wekken. Maar we sliepen niet en hadden we wel geslapen dan waren we zeker gewekt door een plotseling, klagend gekrijs dat van buiten kwam en het bloed in onze aders deed stollen.

'Ko-ofi-i... broe-oe-oertje-e-e...'

'Daar is hij!' schreeuwden we allemaal tegelijk – allemaal behalve Karl-Kwadjo en zijn moeder, die wakker werden en zich afvroegen of we met z'n allen stapelgek geworden waren?

'Ko-ofi-i!' herhaalde de klagende stem. 'Broe-oe-oertje-e-e...'

'Het is de geest,' fluisterde het Slimme Meisje. 'Oom Kwesi's geest.'

Maar noch Karl-Kwadjo, noch zijn moeder hoorden hem. Zij waren immers niet van onze familie. Zoals jullie weten kunnen enkel familieleden de geest van een overleden mens zien en horen.

'Hij roept mij,' zei oom Kofi met trots in zijn stem. 'Ik ben zijn broertje. Ik ben de jongste en hij is de oudste. Daarom noemt hij me broertje.'

We slopen naar buiten. Soera-soera-soera, klonk het. Oom Kofi sloop het eerst. Het Slimme Meisje en wij, de kinderen, slopen achter hem aan en hielden ons schuil achter zijn brede rug. Karl-Kwadjo en zijn moeder volgden. En Kwabena kwam uit zijn hut naar buiten kijken.

De nacht was heet en droog. Het vuur op het erf was uitgegaan. Maar de maan scheen volop. Plotseling roken we de geur van de geest, die scherpe geur die aan het nunum-kruid doet denken, en...

'... daar! Daar is hij!'

Zijn witglanzende, doorschijnende gestalte zweefde een paar duim boven de zak met de boomstam. En hij was ontevreden.

'Nietsnut, daar ben je eindelijk!' zei hij met een holle stem en gleed recht naar oom Kofi.

'J-ja,' stotterde Kofi verschrikt. 'H-hier ben ik!'

'Jij, domkop!' siste de geest en dreigde met een mistige vuist naar hem. 'Heb je dan geen verstand?'

Nu was hij stoer, de geest. Maar toen oma Yesiwa hem zijn vet gaf zeven nachten geleden, had het anders geklonken!

'Je bent naar Amanforo gekomen om mijn lichaam vrij te kopen,' vervolgde hij. 'Maar je liet die witman je bedriegen... wat stinkt er hier zo?'

De geest keerde zich naar Kwabena.

'Trap het af, vuilbelt!' schreeuwde hij. 'Verdwijn! Weg! Snel, snel, snel!'

Het was de eerste keer dat Kwabena de geest ontmoette. Hij was doodsbang en rende snel zijn slaaphut weer in. Ach Kwabena, Kwabena! Dat je dit ook nog moest meemaken!

De geest ging verder met schelden op oom Kofi. Hij blies zich op en maakte zich zo groot dat hij een hoofd boven oom Kofi uitstak.

'Luizige laatkomer, vet zwijn, uitgegroeid rattengebroed!' rolde er uit hem. 'Hoe kon je je zo laten beetnemen door die witman? Waarom sloeg je hem niet op zijn bakkes en pakte het goud terug? Antwoord!'

Oom Kofi begon te huilen alsof hij vermoord ging worden. Pue-pue-pue, huilde hij en de tranen vlogen in het rond.

'Nee, nu is het genoeg!' brulde het Slimme Meisje naar de geest. 'Heb je geen enkel schaamtegevoel in je lijf?'

Ja, ze brulde echt hard zo klein als ze was.

'Sorry, maar ik heb mijn lijf niet bij me,' wees de geest haar nors terecht. 'Ik ben namelijk dood.'

'Dat maakt niet uit,' siste ze. 'Een beetje fatsoen zou je sieren, ook al ben je dood! Je broer Kofi heeft zich al grote moeite getroost om je lichaam in de aarde te krijgen. Maar wat heb je zelf gedaan? Wie heeft zichzelf verkocht aan de witmannen? En wie heeft zijn leven verknoeid? Geef antwoord!'

Het leek wel of we oma Yesiwa in haar beste momenten hoorden. En ja hoor, de geest boog zijn hoofd en zonk bijna tot zijn knieën in de aarde!

'Het spijt me,' snikte hij. 'Het spijt me, klein Slim Meisje!'

'Het is jouw broer die je om vergiffenis moet vragen,' antwoordde ze.

'Het spijt me, broertje,' zei hij toen. 'Je moet niet huilen. Het was niet de bedoeling om je aan het huilen te maken. Kun je me vergeven, lief broertje?'

Hij probeerde de tranen van oom Kofi te drogen, maar zijn duimen gingen door de wangen van zijn broer heen. De hele tijd bleef hij praten. Hij werd steeds huileriger.

'Zie je, ik ben mezelf niet meer de laatste tijd... ik ben dood maar moet iedere nacht in de wereld van de levenden ronddolen... en ik verlang zo, ach ik verlang toch zo om het Geestenrijk binnen te kunnen gaan bij de zielen van mijn voorvaderen... lief, lief broertje, zorg er toch voor dat mijn arme lichaam begraven wordt...'

'We zijn op weg naar de lijkenplaats om je lichaam te halen,' onderbrak het Slimme Meisje. 'Je zou ons kunnen helpen.'

'Hoe dan?' vroeg de geest opgewonden.

'Ga mee en wijs je lichaam aan!' was het antwoord.

De geest wilde dat maar al te graag. En aangezien we nu toch allemaal wakker en op de been waren, vertrokken we meteen.

Meer wilde ik vandaag niet vertellen. Alles met mate – zoals de verschrikkelijke witmannen zeggen. Maar je kunt je wel afvragen waarom. Ze zijn nooit met minder tevreden dan alles tegelijk.

Jullie zullen geduld moeten hebben tot we elkaar morgen weer zien.

De eerste nacht
in de vreselijke lijkenplaats

Eigenlijk bestond ons gezelschap uit een verzameling zeer bizarre figuren.

Hebben jullie daar al ooit bij stilgestaan? Nee? Doe het dan nu eens!

Nee, ik heb het niet over ons, de elf kinderen – maar over de andere vijf.

Als stadbewoners ons die nacht toevallig in Amanforo's straten hadden gezien, toen we naar de lijkenplaats slopen, zouden ze gedacht hebben dat we personages uit een spinnensprookje waren, personages die de listige spin Kwaku Ananse de trieste werkelijkheid hadden ingelokt.

Vooraan liep een jongen en aangezien de maan scheen, zouden de stedelingen gezien hebben dat hij voor de helft zwart en voor de helft wit was. Als ze wat dichterbij waren gekomen, hadden ze misschien zelfs kunnen zien dat hij een bruin en een blauw oog had en dat het bruine van opwinding glinsterde iedere keer als hij even om een straathoek spiedde. Vlak achter de jongen liep een piepklein mager meisje en als de stedelingen haar hadden horen fluisteren, zouden ze onmiddellijk begrepen hebben dat ze even slim was als tien koninklijke raadgevers bij elkaar. Dan volgden wij, de kinderen, dicht tegen elkaar aanlopend, maar wij waren zo gewoon en normaal dat de stedelingen ons niet eens opgemerkt zouden hebben. En achter ons slopen een reusachtige jongeman en een doorschijnende geest zij aan zij. Nou ja, slopen is misschien wat teveel gezegd. Als de stadsbewoners klaarwakker waren geweest, zouden ze opgemerkt hebben dat de reus voort sjokte en dat de geest een duim boven het aardoppervlak zweefde zoals het een geest betaamt. En dan, meer dan tien passen achter hen, kwam een magere en sombere jong en met een pak bungelend op zijn borst. Als de stedelingen achter hem aan waren gaan lopen, zouden ze de stank geroken hebben en zich afgevraagd hebben waarom die arme sukkel zo kwalijk rook.

Dat was nu ons gezelschap!

Maar er waren – gelukkig – geen stedelingen buiten die nacht.

Toen we dichtbij de lijkenplaats kwamen, leidde Karl-Kwadjo ons door een moestuin, zo dat we het doel langs de achterkant zouden bereiken.

'De verschrikkelijke witmannen zetten 's nachts gewoonlijk wachten uit rond hun stenen huis,' legde hij uit. 'We moeten uit hun zicht blijven.'

Al gauw stonden we in een lange rij langs de achterkant van de lijkenplaats, angstig en met ingehouden adem.

'Zullen we over de omheining klimmen of een gang eronder uitgraven?' vroeg Karl-Kwadjo.

De omheining was ongeveer twee keer manshoogte. Hij was gemaakt van grove palen die dicht op elkaar in de aarde waren gegraven.

'Het een noch het ander,' antwoordde het Slimme Meisje. Ze vroeg aan oom Kofi om een van de palen eruit te trekken.

'Maar waar is de poort gebleven,' vroeg hij verbaasd. 'Gisteren was er toch een poort. O maar nu begrijp ik het, de verschrikkelijke witmannen nemen 's nachts de poort mee naar binnen.'

'Idioot!' siste de geest. 'Uilskuiken! Heb je geen...'

Het Slimme Meisje legde hem met een dreigende blik het zwijgen op.

'De poort van de verschrikkelijke witman is aan de andere kant van de lijkenplaats,' legde ze daarna uit aan oom Kofi. 'Maar wij hebben een eigen poort nodig die niemand anders kent.'

Oom ging op zijn tenen staan, greep een van de palen vast aan de bovenkant, wrikte hem heen en weer en trok hem uit de grond. Fweo-pu, klonk het. Hij grinnikte tevreden en zette hem aan de kant.

In de omheining gaapte een zwarte opening, breed genoeg om er doorheen te sluipen.

'Pas op voor de kuil in de grond!' maande Karl-Kwadjo.

Vervolgens stak hij een lang mes door de zwarte spleet en weg was hij. Het Slimme Meisje haastte zich zonder aarzeling achter hem aan en daarna volgden wij, een voor een.

Oom Kofi kwam als laatste. Hij was zo breed dat hij zich door de opening heen moest persen. Maar hij vergat natuurlijk de kuil in de grond en trapte er met een voet in. Oom viel hals-overkop de lijkenplaats binnen door het doorschijnende lichaam van de geest heen. Fakum! klonk het toen hij op de grond neerkwakte. Daar lag hij dan te jammeren.

Het Slimme Meisje legde haar kleine hand over zijn mond.

'Stil, oompje,' fluisterde ze. 'Wat als je de verschrikkelijk wit-mannen wakker maakt! Trouwens, ik ben vergeten je iets te vragen. Je moet de paal weer op zijn plaats zetten, zodat niemand onze kleine poort kan zien!'

Oom stond op zonder gezeur, lief en bereidwillig als hij was. Hij perste zich naar buiten door de spleet, ontweek zorgvuldig de kuil, haalde de paal, zette het uiteinde van de paal in de kuil en kwam weer overeind. De omheining was weer dicht. Toen ontdekte hij dat hij alleen was.

'Waar zijn jullie allemaal heen?' vroeg hij met luide stem.

De stakker kon niet begrijpen dat hij aan de verkeerde kant van de omheining stond.

Zijn geschreeuw maakte ons doodsbang. Wat als de wachten bij het huis hem hoorden! Of als de verschrikkelijke meneer de korporaal in het wachthuis wakker werd!

We sisten en fluisterden naar hem door de spleten en probeerden hem te doen zwijgen. Maar hij snapte er niets van. Ten slotte drong de geest dwars door de palen heen naar de buitenkant en zei hem zijn mond te houden en de paal weer op te heffen.

Het duurde een hele poos voordat oom Kofi aan de juiste kant van de omheining stond en nog een poos voordat de paal weer in zijn kuil zat.

Daarna nam de geest de leiding.

'Volg mij,' siste hij.

Hij wees naar het midden van de lijkenplaats en marcheerde als een dappere en zegenrijke veldheer recht in een mistsluier. Het was onmogelijk om uit te maken waar de geest was en waar de mist.

Het Slimme Meisje, Karl-Kwadjo en oom Kofi haastten zich achter hem aan, geestdriftig en moedig. Ze werden gevolgd door Kwabena die koppig zijn waarschuwingen bleef mompelen. Maar wij, de elf kinderen, bleven bij de omheining staan en keken om ons heen.

Wij waren doodsbang. De lijkenplaats van de verschrikkelijke witmannen was een angstaanjagende plaats.

In de stad was de nacht heet geweest. Een droge wind van het oerbos in het noorden had door de straten gewaaid. Maar hier in de lijkenplaats was het koud en vochtig als in de onderwereld. Er was geen zuchtje wind. Dunne, witte mistslierten dreven door de lucht, ze glansden spookachtig in het witte maanlicht, ze slingerden zich langzaam rond de tien houten stellingen, naar de platformen, ze wonden zich rond de geteerde zeildoekbundels die erop lagen, verborgen ze een paar ogenblikken en lieten ze dan weer tevoorschijn komen in hun zwarte verschrikking.

Een ziekmakende stank omringde ons. Het was erger dan de stank van Kwabena's kip. Misschien kwam hij van de neergeschoten gieren, die overal op de grond lagen? Misschien kwam hij van de bundels op de platformen?

Weten jullie nog hoe we rilden van de kou en de schrik? We waren zo bang dat we naar huis verlangden. Voor het eerst sinds we het dorp verlaten hadden, misten we onze moeders. Ja, ze konden wel lastig doen, maar ze waren tenminste menselijk.

Oom Kwesi's geest fladderde nerveus van stelling naar stelling. Soms steeg hij op naar een platform en verdween in een bundel. Karl-Kwadjo, het Slimme Meisje en oom Kofi volgden hem met stijgend ongeduld. Een paar stappen achter hen volgde de mompelende Kwabena.

Plotseling kwam er een einde aan het zoeken. De geest dook omlaag naar de anderen, wees opgewonden naar een stelling en fluisterde iets. Het Slimme Meisje fluisterde in Karl-Kwadjo's oor en die klom erop.

Hij was lenig als een aap. Eenmaal boven op het wiegelende platform rolde hij de langwerpige bundel over de rand. Hij viel en kwam in oom Kofi's veilige armen terecht. Twom! klonk het.

'Diefstal,' zei Kwabena halfluid.

Wij riepen 'sst' naar hem. Ach, Kwabena, Kwabena, hadden we je waarschuwingen maar ernstig genomen!

Nu hadden we haast! Terug naar de omheining! De paal er weer uit! Door de spleet weer naar buiten, een voor een! De bundel eruit wrikken! Zo! En dan allemaal de struiken in! Vlug, vlug!

Al gauw stonden we in de beschuttende moestuin.

'Lieve familieleden,' zei de geest met een stem die beefde van emotie. 'Uit het diepste van mijn hart... ja, ik gebruik natuurlijk beeldtaal... dank ik jullie voor wat jullie deze nacht voor mij gedaan hebben.'

Toen verbleekte hij en verdween in de schaduwen.

En wij lachten opgelucht naar elkaar in de maneschijn. Wij dachten dat alles nu voorbij was. We waren ervan overtuigd dat oom Kwesi's lichaam in die geteerde, verzegelde zak zat die oom Kofi op zijn hoofd droeg.

We hadden nog steeds dat opgeluchte gevoel toen we in de late voormiddag wakker werden. Het was klaarlichte dag, de zon scheen, Karl-Kwadjo's moeder neuriede op de binnenplaats en de schrik van de nacht was verbleekt. Hoe hadden we zo bang kunnen zijn? Onbegrijpelijk! Alles was toch prima verlopen. Op de binnenplaats naast de zak met meneer korporaals valse houten figuur lag de zak met oom Kwesi's lichaam. Vandaag zouden we terug naar huis gaan.

Het Slimme Meisje stelde voor dat oom Kofi zijn dode broer eer zou bewijzen door een beetje water in zijn mond te gieten. Het was een oud gebruik, dat moest gedaan worden op het moment dat men sterft. Maar beter laat dan nooit, vond ze.

Wij snapten wel dat het een uitvlucht was. Ze wilde er zeker van zijn dat de inhoud de juiste was.

Oom Kofi ging het water halen. Hij leende Kwabena's mes. Hij tornde de naad van de zak open. Tesee, klonk het.

Ach Kwabena, we hadden moeten luisteren naar jou! Je had gelijk. We hadden ons schuldig gemaakt aan diefstal en nu kwam loon naar werken. Nu straften de goden ons. Maar je was fijngevoelig, je lachte ons niet uit, je glimlachte zelfs niet. Nee, je was even verrast en vertwijfeld als wij.

Kortom, in de zak lag een jongen. Of misschien een jongeman. Het was niet uit te maken. Hij leek een klein beetje op oom Kwesi, maar hij was mooi, en dat was oom Kwesi nooit geweest, zelfs niet in de ogen van zijn moeder.

'Ik herken je niet, oom Kwesi,' zei oom Kofi. 'Maar jij bent het toch? Of ben je een ander? Ik bedoel een andere dode mens dan jij?'

De dode antwoordde niet. Het Slimme Meisje en wij hadden geen antwoord nodig. Het was niet oom Kwesi die daar lag. Maar wie was het dan?

'Dat wil ik te weten komen,' zei Karl-Kwadjo en verdween. Hij was niet zo lang weg. Zijn moeder had maar net de tijd gehad om maniok te koken voor het ontbijt.

'Nu moeten jullie toch eens luisteren!' hijgde hij.

Zijn zwarte gezichtshelft was bezorgd, maar zijn witte toonde leedvermaak.

'De jongen in de zak is niemand minder dan de prins van Assin. Zijn vader, de koning van Assin, heeft hem in pand gegeven aan de vreselijke witmannen in ruil voor donderstokken, kogels en buskruit. De koning wilde oorlog voeren tegen de koning van Twifo. Maar de oorlog viel tegen en duurde langer dan verwacht. De prins kreeg heimwee en stierf.'

'Hoe kon oom Kwesi's geest zich zo vergissen?' riepen we vertwijfeld.

'Het is mijn fout,' zei het Slimme Meisje gelaten. 'Ik had dit moeten zien aankomen. Toen oom Kwesi nog leefde kon hij zijn zaakjes al niet in orde houden. Waarom zou hij het beter doen als geest?'

Ze schudde haar hoofd. Op dat moment was ze al even somber als Kwabena.

'Ach, wat een ellende!' ging ze verder. 'Het ergste is dat we vannacht moeten terugkeren naar de lijkenplaats om de prins in te ruilen tegen oom Kwesi!'

'Tja, zo lang kunnen we niet wachten,' zei Karl-Kwadjo en krabde zich in het zwarte deel van zijn haar. 'Ik kwam ook te weten dat een karavaan van Assin op weg is naar Amanforo met honderd slaven die verkocht zullen worden aan de verschrikkelijke witmannen. Bovendien heeft de koning van Assin zijn hof-maarschalk meegestuurd om het lichaam van de dode prins af te kopen. De karavaan wordt midden op de dag verwacht en als de prins tegen die tijd niet opnieuw op zijn plaats ligt, zullen de verschrikkelijke witmannen heel Amanforo ondersteboven keren.'

Wat konden we doen?

Het Slimme Meisje moest nu wel eens goed gaan zitten nadenken.

Maar het duurde slechts de tijd die we nodig hadden om te eten. En wat een slim plannetje had ze bedacht. Is het niet?

Morgen zal ik vertellen over hoe we de vette hofmaarschalk van Assin ontmoetten en het plan uitvoerden.

De dikke hofmaarschalk van Assin en de list van het Slimme Meisje

Weten jullie nog hoe het Slimme Meisje ons mateloos liet huilen voor de hofmaarschalk van Assin? Heilige maangodin, wat hebben we gehuild! Oom Kofi huilde het hardst van allemaal. Hij huilde zo erg dat...

Maar nu loop ik weer op de gebeurtenissen vooruit. Eerst moet ik vertellen over onze voorbereidingen op de binnenplaats van Karl-Kwadjo.

We haalden rijshout en takken uit de houtvoorraad, verzamelden ze tot een grote bundel en verstopten de dode prins erin. Oom Kofi hief de takkenbos op zijn hoofd en zo liepen we door de stad, oom, het Slimme Meisje, Karl-Kwadjo, Kwabena en wij, de elf kinderen.

Aan de stadspoort kwamen we een paar vrouwen tegen die de stad ingingen met grote takkenbossen.

'Oeps,' zei het Slimme Meisje. 'De wachten zullen achterdochtig zijn!'

'Waarom?' vroegen we.

'Wij dragen hout van de stad naar het bos. Gewoonlijk doet men het andersom.'

Maar de wachten merkten niets op. Ze wierpen een verstrooide blik op ons en lieten ons de stad uitgaan.

'Ze zijn zo blind als kattenjongen,' zei het Slimme Meisje.

Oom Kofi stopte abrupt. En voor iemand het hem kon verhinderen, was hij teruggedraafd naar de stadspoort en gestopt vlak bij de wachten.

'Jullie zijn zo blind als kattenjongen,' zei hij met een sluwe glimlach.

Ze kwamen razend overeind en bedreigden hem met hun donderstokken.

'Vraag je om slaag?' brulden ze.

'Merkten jullie dan niet op dat ik deze takkenbos de stad uit-draag?' vervolgde hij. 'Gewoonlijk doet men het andersom. Zo!'

En hij ging met besliste stappen door de poort de stad weer in. Kado-kado-kado, klonken zijn voeten.

Wij stonden er als versteend bij. Het Slimme Meisje stond te tandenknarsen. Dinn-dinn, klonk het. En de wachten staarden oom aan met open mond.

'Wat bedoel je?' schreeuwde hun aanvoerder. 'De hele mor-gen hebben vrouwen hout de stad ingedragen. Zo gaat het gewoonlijk. Andersom kan niet. Jij bent degene die het anders-om doet!'

Oom Kofi stopte weer, legde de takkenbos op de grond, krab-de zich heftig in het haar en begon na te denken.

'Maak dat je weg komt!' schreeuwden de wachten. 'Je staat in de weg!'

Nu zette hij er vaart achter. Met lange stappen ging hij de stadspoort opnieuw uit kado-kado-kado, en vergat de takkenbos op de grond achter zich. Het Slimme Meisje jankte als een hon-denwelp.

En toen kregen we te zien hoe de wachten oom vastgrepen, de takkenbos met zijn verborgen inhoud gingen halen, die op zijn hoofd zetten en hem de stad uit duwden en schopten. Twom-twom-twom, klonk het.

'Domkop!' riepen ze hem na. 'Dacht je dat je ons zou kunnen bedriegen? O nee!'

Wij slaakten een zucht van vertwijfeling. Maar oom Kofi stond het huilen nader dan het lachen.

'Wie was er nu omgekeerd bezig, ik of de vrouwen?' snikte hij.

'Allebei,' antwoordde het Slimme Meisje. 'Zij deden het omgekeerde van wat jij deed. En jij deed het omgekeerde van wat zij deden. Anders hadden jullie hetzelfde gedaan.'

Toen was hij tevreden.

Nou ja, we gingen verder noordwaarts langs het pad dat naar de machtige koninkrijken in het oerbos leidde.

Het was een hete dag. We werden steeds lomer en slaperiger.

Karl-Kwadjo liep honderd passen voor ons op uitkijk. Toen de karavaan uit Assin naderde, haastte hij zich om ons te waarschuwen. En daarna verborg hij zich in het olifantengras.

Oom Kofi haalde de dode prins uit de takkenbos en legde hem dwars over het pad. Toen kregen wij, kinderen, eindelijk te horen wat we moesten doen.

'Als de karavaan er is, voer ik het woord,' zei het Slimme Meisje. 'Jullie moeten erom huilen en jammeren dat onze arme oom Kwesi per abuis verwisseld is met deze jongen. Jullie hoeven niet te doen alsof. Deze hele historie is immers bovenmatig triest en het wordt tijd dat jullie eens goed uithuilen.'

En dat deden we ook. Zo gauw de voorhoede van de karavaan om de hoek kwam, begonnen we te huilen. Het was niet moeilijk. Toen we eenmaal bezig waren, ging het als vanzelf.

Pue-pue-pue, huilden we.

Door onze tranen heen zagen we de soldaten dichterbij komen. Toen ze de dode te zien kregen, stopten ze, sperden hun ogen open en riepen iets naar achter langs de lange rij. Onmiddellijk kwamen een heleboel hovelingen eraan gerend. Kiri-kiri-kiri-kiri, klonk het. Het waren de koninklijke parasoldrager, de stoeldrager, de zwaarddrager, de trommelaar en de woordvoerders. Ze stopten, dromden samen, verdrongen zich en stampten rond. Kiri-kiri. Als we ons niet naar achter hadden geworpen, zouden we vertrapteld zijn, alle elf.

80

Ten slotte kwam Assins hofmaarschalk. Zijn buik was zo dik als de buik van een middelgroot nijlpaard en daarom zat hij in een draagstoel, die door acht krachtige slaven gedragen werd. Hij staarde beurtelings naar ons en naar de dode.

'Hou op met huilen,' beval hij.

Maar we konden niet meer stoppen. Het Slimme Meisje had gelijk gekregen. We treurden echt. Alles wat we beleefd hadden, was te triest, bovenmatig triest.

Zoals gewoonlijk was oom Kofi er het ergst aan toe. Zijn tranen spatten en kletterden naar beneden als de regen van een moessonwolk in de regentijd. De grond rondom hem werd nat en modderig.

'Hou op met huilen!' herhaalde de hofmaarschalk.

Hij was het gewend om gehoorzaamd te worden en deze keer brulde hij. Het Slimme Meisje vermande zich genoeg om te kunnen praten.

'Ach goede heer,' snikte ze. 'Wat een ramp!'

'Wie zijn jullie?' vroeg de hofmaarschalk. 'En wat doen jullie met de dode?'

'We zijn naar Amanforo gegaan om onze dode oom Kwesi vrij te kopen. Hij had zichzelf negen jaar geleden in pand gegeven bij de verschrikkelijke witmannen. We hadden goud bij ons, een hele pereguaan goudzand, dat we aan de witmannen betaalden. Maar toen we de zak opendeden om de dode te eren, ontdekten we dat onze lieve oom verwisseld was met iemand anders! Ach, ach wat een ramp! We hebben geen goud meer. En we durven niet naar huis te gaan met een onbekende jongen. Goede heer, u moet ons helpen!'

De woorden stroomden eruit. En wij, de elf kinderen luisterden verbaasd. Ze loog niet. Maar ze zei ook niet de waarheid.

'Hoe groot was het losgeld?' vroeg de hofmaarschalk en kreeg een listige glans in zijn ogen.

'Een pereguaan goudzand,' herhaalde het Slimme Meisje. 'Niet meer en niet minder!'

De hofmaarschalk ging ineengedoken over zijn dikke buik zitten denken. Maar toen de stank van Kwabena's kip zijn neus bereikte, verloor hij zijn aandacht.

'Wat hangt er rond de nek van die figuur daar?' schreeuwde hij zo hard dat het speeksel in het rond vloog.

'Dat is een vanzelf gestorven kip,' snikte Kwabena. 'Die moet ik als straf dragen omdat ik geprobeerd heb om het goud van de kinderen te stelen. Hetzelfde goud dat de verschrikkelijke wit-mensen daarna van hen hebben afgeluisd! Ik waarschuw u, heer! Bedrieg hen niet!'

Toen werd de hofmaarschalk witgloeiend kwaad en brulde zo hard dat zijn tong fladderde.

'Hoepel op! Weg! Verdwijn! Snel, snel voordat ik verga van de stank!'

De arme Kwabena trok zich terug en daarna glimlachte de hofmaarschalk vleierig naar het Slimme Meisje.

'Lieve kind,' vervolgde hij. 'Aangezien je zo slim bent en zo goed kunt praten, zal ik de dode van je afkopen. Je krijgt een pereguaan goudzand en dan hebben jij en je familie niets verloren.'

'Dat gaat niet,' snikte het Slimme Meisje. 'De arme jongen moet aan zijn familie gegeven worden.'

'De jongen heet Ansa,' zei de hofmaarschalk onmiddellijk. 'En zijn vader heeft me naar Amanforo gestuurd om hem vrij te kopen. Kijk, hier is een pereguaan goudzand!'

Hij viste een klein leren zakje op uit zijn mantel en wierp het voor de voeten van het Slimme Meisje. Kum, klonk het. En zij wierp op haar beurt het zakje naar Kwabena, die het open deed, eraan rook en verzekerde dat het goudzand was.

De hofmaarschalk liet de dode prins in een draagstoel zetten. Daarna vervolgde de karavaan zijn tocht naar Amanforo, terwijl wij op een rij in het olifantengras zaten te huilen en toe te kijken.

Het was een lange karavaan. Soldaten, hovelingen, dienaren, dienaressen, dragers en nog meer soldaten.

En honderden krijgsgevangenen, die de Assin-koning in de oorlog met Twifo gevangen genomen had en die aan ons voorbij strompelden met vermoeide en getekende gezichten. Ze staarden recht voor zich uit met lege blikken. Hun handen waren vastgebonden aan grote, zware houten klossen zodat ze niet konden vluchten. De stakkers zouden verkocht worden aan de verschrikkelijke witmannen, vertelde Karl-Kwadjo. Of beter gezegd, ze zouden ingeruild worden tegen donderstokken en brandewijn. En dan zouden ze over de zee gestuurd worden naar de landen van de witmannen.

We vergaten arme oom Kwesi en begonnen te huilen over het trieste lot van die honderd arme jonge mannen.

Pue-pue-pue, huilden we. Yo-yo-yo, jankten we.

Toen we uiteindelijk uitgehuild waren, lagen we in het gras naar adem te happen zoals vissen op het droge.

Ineens stond Karl-Kwadjo op.

'Zeg eens, Slim Meisje, ben je eigenlijk wel zo slim?' zei hij. Het losgeld van een prins moet twintig keer hoger zijn dan dat voor een arme oom. Waarom heb je geen twintig pereguaan goudzand gevraagd aan de hofmaarschalk?

Maar het Slimme Meisje wist goed wat ze had gedaan.

'Ik heb me zo het zwijgen van de hofmaarschalk verzekerd,' antwoordde ze. 'Zie je, de hofmaarschalk is gierig. Hij weet dat hij het lichaam van de prins heeft gekocht voor één twintigste van het losgeld van de witmannen en wil niet dat ze de rest van hem zullen opeisen. Hij zal geen woord zeggen over ons en de prins. Daarom kunnen we zonder risico naar het grote stenen huis gaan en oom Kwesi vrijkopen.'

'Je bent werkelijk slim,' lachte Karl-Kwadjo.

Ja, zo ging het in zijn werk toen het Slimme Meisje ons het goudzand bezorgde en ons de mogelijkheid gaf om oom Kwesi vrij te kopen. Maar achteraf gezien vraag ik me toch af of ze wel juist handelde. Toen ze de dode prins verkocht, gebruikte ze immers dezelfde methodes als de verschrikkelijke witmannen. Of niet soms?

Hebben de goden ons daarom nog zoveel beproevingen laten doorstaan?

Nou ja, morgen zal ik vertellen over hoe onze ontmoeting met de verschrikkelijke meneer de boekhouder verliep en hoe we probeerden het geheim van de sprekende bladen van de witmannen te ontmaskeren.

De verschrikkelijke meneer de boekhouder en het geheim van de sprekende bladen van de witmannen

Tijdens onze reis besliste het Slimme Meisje alles. Zij leidde ons van hot naar her in Amanforo, weg en weer door de stadspoort en in en uit de omheining van de lijkenplaats, dag na dag, nacht na nacht. En wij volgden haar als een kudde willoze geitjes.

Na de ontmoeting met de hofmaarschalk ijlden wij terug naar Amanforo. Wij, de elf kinderen dachten dat we op weg waren naar het huis van Karl-Kwadjo's moeder en dat we ons al gauw konden volproppen met lekker eten. Maar het Slimme Meisje leidde ons recht naar het stenen huis van de verschrikkelijke witmannen.

'Luister,' zei ze en keek ons aan met priemende ogen. 'Deze keer gaan we het lichaam van oom Kwesi op de juiste manier vrijkopen. Nu weten we immers hoe het moet. We hebben ook Karl-Kwadjo mee. Het kan niet meer mislopen. Wat denken jullie?'

'Het kan niet meer mislopen,' herhaalden wij.

Maar jullie weten toch nog hoe het afliep?

Aan de poort van het stenen huis stonden drie zwarte soldaten op wacht. We herkenden hen. Het waren dezelfde drie die ons de dag ervoor hadden weggejaagd. Met grote angst stapten we naar hen toe.

Maar toen we vertelden dat we meneer de hoofdkoopman wilden spreken en dat we goud hadden meegebracht, lieten ze ons binnen. Ja, een van hen was zelfs zo vriendelijk om ons de weg te wijzen.

Toen zagen we eindelijk de binnenkant van het stenen huis van de witmannen. We waren teleurgesteld door wat we zagen. Het grote stenen huis was geen huis. Wat wij voor de grote wanden van een woning hadden genomen, waren enkel muren. Binnen deze muren stonden vier lange huizen rond een open binnenplaats.

Een van de gebouwen was hoger dan de andere en had een veranda die aan de muur hing. Wij staarden ernaar. We hadden nog nooit een hangende veranda gezien.

De soldaat leidde ons voorbij een zwijnenstal met daarin een grote beer en een paar vette zeugen en daarna het hoge huis in langs een gang met vele deuren. De wanden van de gang waren gemaakt van grote steenblokken – net als het ronde dakgewelf. Toen we die steenblokken daarboven zagen hangen, werden we bang. Wat als ze loskwamen en boven op ons vielen?

Maar er gebeurde niets. Onze gids wees de deur van de hoofd-koopman aan en verdween. Karl-Kwadjo klopte op de deur, wachtte, klopte harder, wachtte, haalde zijn schouders op en bonsde echt hard. Kun- kun, echode het in de gang.

Toen ging er een andere deur open en een witman toonde zich in de deuropening.

Het was een vreselijk gezicht. Ieder van ons moest op zijn tong of op zijn knokkels bijten om het niet uit te schreeuwen van angst.

Dat samengedrukte, gebogen lichaam! Die witte huid, half-doorschijnend als het vel op de buik van een pasgeslachte jonge geit! Dat kortgeknipte, grijsbruine haar dat op de vacht van een rat leek! Dat pokdalige voorhoofd, vol gele puistjes! Die wijd uit-een staande, dom starende ogen!

Het ergst van alles was de neus – gerimpeld, glanzend en slij-merig als een oester, die pas uit de schaal gesneden is!

Ja, deze witman was werkelijk nog lelijker dan de korporaal van de lijkenplaats!

'Dat is meneer de boekhouder,' fluisterde Karl-Kwadjo.

Hij boog tot aan de vloer en taterde de taal van de witmannen uit zijn witte mondhoek.

De witman taterde terug en Karl-Kwadjo vertaalde.

'Meneer de boekhouder zegt dat meneer de hoofdkoopman bezig is om de waarde van de slaven uit Assin te schatten,' zei hij met zijn zwarte mondhoek. 'Maar meneer de boekhouder wil ons wel van dienst zijn.'

En de verschrikkelijke meneer de boekhouder liet ons binnen in de kamer van de hoofdkoopman.

We hadden nog nooit zo'n pracht gezien. Het plafond en de wanden waren bedekt met glanzend hout in verschillende patronen en kleuren.

Ineens rook de witman de stank van Kwabena's kip. Hij deinsde achteruit en kneep zijn oesterneus dicht met zijn vingers. Karl-Kwadjo trok een verontschuldigende grimas met zijn witte gezichtshelft.

'Wat was er nu weer met die kip?' vroeg hij.

'Deze vanzelf gestorven kip moet ik dragen als straf,' ratelde Kwabena, 'omdat ik geprobeerd heb om het goud van mijn metgezellen te stelen. Wees gewaarschuwd, meneer de boekhouder!'

En terwijl Karl-Kwadjo de woorden vertaalde, sukkelde Kwabena gelaten naar het verste hoekje van de kamer en bleef daar staan. Ach, Kwabena, Kwabena!

Daarna zette meneer de boekhouder zich achter de tafel van meneer de hoofdkoopman en nam iets dat leek op een stapel schoongeschuurde tabaksbladen. Hij likte zorgvuldig aan zijn duim en begon door de stapel te bladeren.

'Dat moeten de sprekende bladen van de verschrikkelijke witmannen zijn,' fluisterde het Slimme Meisje.

We zagen dat de bladen bedekt waren met piepkleine zwarte tekens die eruit zagen als slingerende wormen.

De witman bladerde en liet zijn wijsvinger langs de wormrijen glijden, terwijl zijn tong in en uit zijn mond schoot zoals bij een kreupele hagedis. Onze ogen volgden nauwkeurig alles wat hij deed.

Plotseling bleef zijn wijsvinger hangen bij een kudde wormen.

'Kwesi!' zei hij luid en duidelijk.

Maar daarna taterde hij opnieuw zodat Karl-Kwadjo moest vertalen.

'Oom Kwesi ligt op platform nummer...'

De wijsvinger gleed naar de rand van het blad en wees op een eenzame worm.

'... negen!'

De worm leek op een dikkopje. En wij dachten, dat als we nog eens een dikkopje zouden zien dat we dan zouden weten dat dit het getal negen betekende.

De witman vroeg naar het goud. Oom Kofi gaf hem het leren zakje met het goudzand.

Nu kwam het erop aan! Zou hij het wegen?

Ja hoor, hij haalde een weegschaal tevoorschijn, goot het goudzand in de ene schaal en legde gewichten in de andere schaal, tot ze allebei in evenwicht waren. Daarna nam hij de gewichten weg en bekeek ze aandachtig.

Maar hoe kon hij het verschil zien? Behalve de grootte waren ze helemaal hetzelfde. Waarom gebruikten de witmannen geen gewichten met de vorm van verschillende dieren zoals gewone mensen doen?

Toen haalde meneer de boekhouder een blad zonder wormen en een vogelveer tevoorschijn. Daarna bekeek hij ons heel nauwkeurig, een voor een en wreef zo hard over zijn vochtige oesterneus dat we dachten dat hij eraf zou vallen. Daarna zei hij iets met een hese stem.

'Hij vraagt zich af of iemand van jullie de taal van de sprekende bladen verstaat,' legde Karl-Kwadjo uit.

Nee, niemand van ons kende die taal. Toen Karl-Kwadjo dat antwoord vertaalde, lachte de witman met een scheef lachje.

Ach, hadden we maar vermoed waarom hij zo scheef lachte! Maar wij hadden geen achterdocht. Wij waren goedgelovig, wij stonden daar toe te kijken, terwijl hij het ene uiteinde van de vogelveer in zwart water doopte en een paar slingerende wormen tekende op het blad. Kr-kr-kr, kraste het.

Wij waren betoverd! Stel je voor! We konden het geheim van de sprekende bladen van de witmannen bekijken!

Toen het blad vol stond met wormen, strooide meneer de boekhouder er zand over om het onmiddellijk erna weer in een doos te gieten. Ja, dat deden de witmannen altijd met hun wormen en we hebben nooit kunnen achterhalen waarom.

Hij gaf vervolgens het blad aan oom Kofi en legde via Karl-Kwadjo uit dat we nu naar de lijkenplaats moesten gaan en het blad afgeven aan meneer de korporaal.

We vertrokken. Zo gauw we de kamer uit waren, hield oom Kofi het blad tegen zijn oor.

'Ik hoor niets!' barste hij teleurgesteld uit.

'Het blad spreekt niet echt,' legde Karl-Kwadjo uit. 'Het is een taal om te zien. Je moet alleen leren hoe het eruit ziet!'

Een voor een bekeken we het blad heel nauwkeurig. We zagen niets anders dan wormen van de witmannen die heen en weer slingerden en met zichzelf of met anderen in de knoop lagen. Ze vertelden ons niets. En we zagen ook geen dikkopje.

Maar ieder van ons wilde echt wel deze wonderlijke wormen kunnen verstaan, die door op een wit blad te staan konden spreken.

We liepen het grote stenen huis uit naar de lijkenplaats en bonsden op de poort. Kun-kun! klonk het. Oom Kofi hield het sprekende blad zo ver mogelijk van hem vandaan naar de poort. Je kon goed merken dat hij er tegen op zag om de verschrikkelijke korporaal weer te zien. Dat deden we allemaal.

Kado! klonk het. De poort vloog open, de korporaal wankelde naar buiten, nog steeds met zijn brandewijnkroes onder de arm. Het kostte hem moeite en tijd om zijn waterige ogen naar ons te richten. Maar toen hij dat eenmaal gedaan had, verwrong zijn gezicht van razernij.

Maar de razernij ging over in verbazing, toen hij het sprekende blad in de gaten kreeg. Hij trok het naar zich toe, keek naar de wormen, hij keek lang en zorgvuldig – en de verbazing ging over in lachen.

Het was een schrille en bubbelende lach. Maar vooral was het een gelukkige lach. Een heel gelukkige lach. Oom Kofi werd er vrolijk van. Hij begon zo hard te lachen dat hij naar adem snakte en wij kregen het ook moeilijk om ons in te houden. Al gauw bulderden we allemaal van het lachen – behalve Kwabena.

Het volgende ogenblik joeg de witman ons weg.

Ja, hij joeg ons weg! Hij trok zijn sabel, hij brulde net zo hard als de dag ervoor. Alleen brulde hij deze keer van geluk.

Karl-Kwadjo probeerde met hem te praten. Maar dat lukte niet. De witman brulde tot er drie soldaten van het stenen huis aangerend kwamen. Hij toonde hen het blad.

De soldaten gingen meteen achter ons aan. Prada-prada! Frefre! Kado! Tintin! Kotokom! Ze duwden, schopten en stampten ons met het stompe eind van hun donderstokken.

We schreeuwden naar oom Kofi dat hij de donderstokken moest afpakken, we smeekten en baden. Maar het mocht niet baten.

'Dan moet ik tegen hen vechten!' schreeuwde hij als antwoord. 'En dat wil ik niet. Het is lelijk om te vechten tegen kleine en zwakke mensen.'

Hij kneep zijn ogen dicht en stopte zijn duimen in zijn oren om onze ellende niet te hoeven zien en ons huilen niet te hoeven horen. Er zat niets anders op dan hem mee te nemen en de lijkenplaats te verlaten.

We stopten onderaan de heuvel. Karl-Kwadjo ging terug en kwam voorzichtig dichter bij de soldaat die ons de weg had getoond naar de deur van de hoofdkoopman. Hij boog, toonde zich onderdanig en vroeg wat er op het sprekende blad had gestaan.

'Het blad was van meneer de boekhouder,' antwoordde de soldaat. 'Het zei dat jullie geprobeerd hebben om hem een leren zakje met gewoon zand in plaats van goudzand aan te smeren. Hij gebood meneer de korporaal jullie een stevig pak slaag te geven en jullie dan weg te jagen!'

'Maar we zweren het!' protesteerde Karl-kwadjo. 'Er zat echt goud in het zakje...'

'Onzin,' onderbrak de soldaat. 'Jullie zouden dankbaar moeten zijn dat jullie er zo goedkoop vanaf komen. Maak dat je wegkomt! En kom niet terug, voordat je echt goud meebrengt!'

Bedrogen, bedrogen, bedrogen!

Zwijgend liepen we door de stad, zwijgend sleepten we oom Kofi mee die nog altijd zijn ogen dichtkneep, zwijgend kwamen we bij Karl-Kwadjo's huis, zwijgend gingen we onder de schaduwboom zitten.

We waren bont en blauw geslagen. De tranen rolden over onze wangen. Alle inspanningen waren tevergeefs geweest. Eerst had de verschrikkelijke meneer de korporaal ons bedrogen. En nu had de verschrikkelijke meneer de boekhouder ons bedrogen. Hoe konden we ooit nog een witman vertrouwen?

En hoe konden we vertrouwen op een sprekend blad? We dachten immers dat die bladen de baas waren over de witmannen. Maar we wisten nu wel beter. De witmannen waren de baas. Ze konden de bladen dwingen om te liegen.

'Tja,' zuchtte Karl-Kwadjo na een lange tijd. 'Weet je wat we vannacht zullen doen?'

'De lijkenplaats binnensluipen en oom Kwesi's lichaam gaan halen,' antwoordde het Slimme Meisje meteen.

Wij geeuwden. Heilige maangodin, die twee gekken wisten van geen opgeven!

'Wees gewaarschuwd!' zei Kwabena. 'Hebben jullie dan niets geleerd vandaag?'

'Jawel,' antwoordde het Slimme Meisje en lachte ondeugend. 'We hebben geleerd dat het lichaam van oom Kwesi op het negende platform ligt!'

Zo was ze. Koppig, halsstarrig. Ze gaf nooit op. Als de problemen zich opstapelden, was zij gelukkig. Problemen gaven haar de kans om slimme oplossingen te vinden en listige plannetjes te maken.

Een paar uur later, toen het donker was geworden, trok ze weer met ons op pad naar de lijkenplaats van de verschrikkelijke witmannen.

Maar een klein detail gooide haar plannen overhoop. Een heel klein en onbeduidend witmansdetail, dat ze ondanks al haar wijsheid niet kende.

Precies, het dikkopje!

´Morgen zal ik daar over vertellen en over onze tweede nacht in de verschrikkelijke lijkenplaats.

De dikkop die zijn staart kon bewegen

Weten jullie nog hoe donker het was, toen we door de stad slopen naar de lijkenplaats van de verschrikkelijke witmannen? Af en toe kwam de maan tevoorschijn tussen de gelobde sluiers van de wolken, maar ze gaf ons geen licht.

En weten jullie nog hoe heet de nacht was? De lucht was dik en kleverig als stroop. Toen we langzamerhand bij de omheining kwamen, waren we nat van het zweet.

We rustten even uit, leunend tegen de ruwe palen.

De stank van Kwabena's kip prikkelde in onze neuzen, schraapte in onze kelen, deed het avondeten keren in onze maag. Ja, de kip deed wat een vanzelf gestorven kip geacht wordt te doen om ons te waarschuwen. Maar ze kon het Slimme Meisje en Karl-Kwadjo niet van hun stuk brengen. Ze waren vastbesloten. Toen gaven ze het teken.

Oom Kofi wrikte een van de palen los en trok hem uit de grond. Fweo-pue, klonk het toen hij loskwam. Een voor een klommen we over de kuil en door de spleet in de omheining. Eerst Karl-Kwadjo, snel en waakzaam. Dan het Slimme Meisje, ernstig en verbeten. Dan wij, de elf kinderen, bang, bijna doodsbang. Daarna Kwabena, nog weerbarstiger en somberder dan tevoren.

En dan was het oom Kofi's beurt.

Kijk, oom Kofi had de vorige nacht zijn lesje geleerd. Deze nacht was hij niet van plan de paal weer terug te zetten terwijl hij nog aan de buitenkant van de omheining stond. Tevreden grinnikend wurmde hij zich achterwaarts door de spleet met de paal in een stevige greep.

Ieder die zich al ooit achterwaarts door een spleet heeft gewurmd met een zware, heen en weer zwaaiende paal in de handen, weet hoe moeilijk het is om zien waar men zijn voeten zet. Oom stapte recht in de kuil. Met beide voeten. Zijn knieën weken en hij begon achterwaarts te vallen naar de lijkenplaats, nog steeds met de paal stevig vast.

De val werd gebroken. De paal raakte niet door de spleet, ook al hield oom Kofi hem helemaal recht. Het zou gelukt zijn als hij de paal niet was blijven vasthouden. Maar dat deed hij wel. De paal bleef vastzitten. En oom Kofi's handen zaten klem. Hij bleef aan de omheining hangen met zijn voeten in de kuil. Hij kon niet opstaan. En hij kon niet gaan zitten.

Maar schreeuwen kon hij wel. Een woest gebrul begon zich een weg te banen door zijn lange lichaam. Het Slimme Meisje merkte op tijd wat er ging gebeuren en rukte jou, de jongste, de kleren van het lijf, rolde ze samen tot een prop en slaagde erin om de schreeuw te dempen. Gelukkig maar! Anders zou hij alle inwoners in Amanforo en in de zeven dichtst bijzijnde dorpen wakker gemaakt hebben. Om het nog niet te hebben over de wit-mannen in het stenen huis. Of de verschrikkelijke meneer de korporaal in het wachthuis van de lijkenplaats.

Nu was er haast bij! We tilden en stootten oom Kofi omhoog zodat hij uit de kuil kon stappen, zijn handen uit de omheining kon wurmen en de paal op zijn plaats kon zetten. Zijn gezicht vertrok van pijn en schaamte.

'De volgende nacht doe ik het allemaal goed,' mompelde hij. 'Ik beloof het.'

'Er zal geen volgende nacht meer komen op deze plaats,' morde het Slimme Meisje.

Toen gingen we allemaal in een lange rij staan.

'Nu gaan we allemaal recht vooruit en houden de ogen open,' beval ze. 'Iedere houten stelling moet onderzocht worden, ieder stuk van de palen bekeken. Waarschijnlijk zit het op een sprekend blad.'

'Wat?' vroeg oom Kofi.

Ze kreunde.

'Is er iemand die weet waar we naar zoeken?' siste ze.

'De dikkop,' fluisterden we in koor.

'Precies,' knikte ze. 'De dikkop die negen zegt. Vooruit!'

Tien stellingen moesten we onderzoeken. We verspreidden ons niet. Nee, we gingen eerst naar de dichtstbijzijnde stelling, we bleven in een dicht hoopje bijeen en zochten moed en geborgenheid bij elkaar.

Een kille wind waaide door de lijkenplaats van de verschrikkelijke witmannen rond. Hoe we ons ook keerden, hij blies ons steeds van achter in de nek. En daarna ruiste hij tussen de houten stellingen door die de platformen droegen. De palen en stokken beefden en jammerden alsof ze even bang waren als wij. En de platformen met hun zwarte bundels klapperden boven onze hoofden. Fa-fa-fa! klonk het. En ta-ta-ta!

Maar het griezeligst waren de schaduwen. Wolkenflarden bewogen snel langs de nachthemel. Toen ze voorbij de maan zeilden, gleed de ene schaduw na de andere langs de omheining, langs het wachthuis bij de poort, over de grond en de neergeschoten gieren die overal in het rond lagen.

Weten jullie nog hoe we verder strompelden, bevend van de schrik en de kou, misselijk van de stank van Kwabena's kip en de gieren?

Plotseling stonden we voor een klein houten plaatje dat vastzat aan een van de palen van een houten stelling. Als ik me niet vergis, was jij, de jongste, de eerste van ons die het zag.

Op het plaatje stond dezelfde worm die op het sprekende blad van de boekhouder had gestaan. De worm met het dikke lichaam en de gekrulde staart. Kortom de dikkopworm!

Het Slimme Meisje prees ons. En Karl-Kwadjo begon de stelling op te klimmen, naar het platform. Toen hij halfverwege was, hoorden we een bekend gehuil.

'Ko-ofi-i-i... brroe-oerrtje-e-e...'

Iets verderop, vlakbij het wachthuisje, kwam oom Kwesi's geest tevoorschijn. Hij zat op een van de platformen, op een zwarte bundel, met het ene been over het andere geslagen. Hij wuifde ons naar hem toe.

'We negeren hem,' fluisterde het Slimme Meisje naar oom Kofi. 'Deze keer zal hij ons niet het verkeerde lichaam aansmeren.'

Karl-Kwadjo had de geest niet gehoord. Ze waren immers geen familie van elkaar. Hij bereikte het platform en tilde zichzelf naar de zwarte zeildoekbundel. Toen kwam er vaart in de geest. Met gestrekte armen kwam hij eraan gezweefd door de lichtstrepen en donkere schaduwen heen. Karl-Kwadjo zag hem niet – maar wij wel. Het zicht maakte ons gek van angst.

'Het verkeerde lichaam!' brulde de geest met luide stem. 'Het is het verkeerde lichaam.'

We gluurden naar het wachthuisje, ook al wisten we dat de witmannen zijn gebrul evenmin konden horen.

'Stop! Horen jullie niet wat ik zeg?'

Karl-Kwadjo hoorde of zag niets. Met rustige bewegingen rolde hij de zak over de rand heen. De geest probeerde hem weer terug te duwen. Maar hij viel recht door zijn handen, armen en lichaam. Oom Kofi was zo in de war dat hij vergat het pak op te vangen. De zware bundel viel recht in zijn gezicht en hij tuimelde op de grond. Kum-kum! klonk het.

Het volgende ogenblik hing de geest ondersteboven in de lucht en brulde oom Kofi recht in zijn oor.

96

'Slaap je, luiaard?' schreeuwde hij. 'Hoor je niet wat ik zeg? Dat is niet mijn lichaam! Het juiste lichaam ligt daar! Daa-aar!'

'En het lichaam dat je ons eergisteren aanwees dan, lieve oom?' vroeg het Slimme Meisje met een zachte stem. 'Hoe zat het daar mee? Was dat ook het juiste lichaam?'

De geest maakte een buiteling in de lucht.

'Een kleine vergissing,' mompelde hij. 'Iedereen kan zich wel eens vergissen. Of niet soms?'

Hij schaamde zich zo dat hij verbleekte tot bijna niets.

'Ja natuurlijk,' gaf het Slimme Meisje toe. 'Maar het was wel iets meer dan een kleine vergissing. Ik bedoel, je was toch geen mooie prins, terwijl je nog leefde. Of wel soms?'

De geest had geen verklaring voor zijn vergissing. Maar nu moesten we toch zo lief zijn om hem te volgen naar het juiste platform en daar het juiste lichaam af te halen!

'Deze keer heb ik het niet mis,' verzekerde hij.

Niemand geloofde hem.

'We hebben dat waar we voor gekomen zijn,' zei het Slimme Meisje. 'En nu vertrekken we.'

Ze gaf oom Kofi het bevel om de bundel op te tillen. En de geest gaf het bevel om de bundel weer neer te leggen. Oom gehoorzaamde hen om beurten. Hij tilde de bundel op en legde hem dan weer op de grond. Toen hij dezelfde bevelen opnieuw kreeg begreep hij dat ze elkaar tegenspraken. Zijn onderlip begon te beven.

Het Slimme Meisje en de geest herhaalden hun bevelen zonder ophouden. Ze snapten niet hoe verkeerd het is om een goedhartig mens te dwingen om partij te kiezen.

Uiteindelijk nam Karl-Kwadjo de bundel op en begon hem naar de omheining te slepen. De geest vloog achter hem aan en begon in zijn oor te brullen. Maar zoals al gezegd, Karl-Kwadjo kon hem niet horen.

Toen we bij de omheining kwamen, slaagden we erin oom Kofi te overhalen de paal eruit te trekken zodat we de lijkenplaats konden verlaten.

Weten jullie nog hoe de geest ons bleef volgen, heel de weg door de moestuin en langs de straten van de stad? Hij fladderde om ons heen als een zwerm bloeddorstige muggen, hij vloekte en huilde en klaagde en smeekte ons om rechtsomkeer te maken en het juiste lichaam te gaan halen.

Arme oom Kofi wist niet waar hij het had. Karl-Kwadjo en de kinderen waren gedwongen om de zware zak te dragen. En de kleverige hitte en de misselijkmakende stank van Kwabena's kip maakten de last niet lichter.

We waren doodop, toen we het huis van Karl-Kwadjo's moeder binnen strompelden. Maar de geest was zo opdringerig dat hij ons volgde tot in de slaaphut. Ten slotte moest het Slimme Meisje Karl-Kwadjo's moeder wakker maken om haar te vragen kleine bundeltjes magische kruiden rond de hutten te leggen, zodat hij weg zou blijven. Toen vervloog hij als een rookpluim. Wij vielen meteen in slaap.

Toen we laat op de voormiddag wakker werden, voelden we een knagende onrust in ons binnenste. Het was een mooie dag, Karl-Kwadjo's moeder neuriede in de kookhut, de zwarte zeildoekzak lag op de binnenplaats naast de zak met de houten figuur van meneer de korporaal en eigenlijk hadden we ons tevreden moeten voelen met wat we gedaan hadden. Maar dat was niet zo.

Het Slimme Meisje stelde oom Kofi voor, dat hij zijn respect zou betuigen aan zijn dode broer door een beetje water in zijn mond te gieten. Ze probeerde heel gewoon te klinken. Maar haar stem beefde, ze kon niet verbergen dat ze ongerust was.

We gingen rond de langwerpige bundel staan. Af en toe loerden we naar Kwabena. Die haalde zijn schouders op en maakte met zijn handen een teken dat hij er niets mee te maken had.

Hij hoefde niets te zeggen. Hij wist dat wij wisten dat we zijn waarschuwingen ernstig hadden moeten nemen. Ach Kwabena, Kwabena!

Oom Kofi haalde water. Hij tornde de zak open – tesee – en plooide het stijve zeildoek opzij.

'Ik herken je vandaag ook niet, grote broer Kwesi,' zei hij. 'Ben jij het? Of ben je iemand anders dan gisteren? Een andere andere, bedoel ik.'

Het was niet oom Kwesi. Het was een oude vrouw.

We zwegen. Het enig geluid was het koppige zoemen van de vliegen rond Kwabena's kip en het neuriën van Karl-Kwadjo's moeder die bananenpuree voor ons kookte.

Het Slimme Meisje sloeg zichzelf op haar hoofd met haar beide vuisten.

'Wat is er nu weer misgelopen?' vroeg ze heftig. 'We wisten toch dat het lichaam van oom Kwesi op platform negen lag. We zagen de worm en die zag eruit als een dikkopje!'

Karl-Kwadjo's moeder stopte met neuriën.

'De staart naar boven of naar beneden?' riep ze.

'Wat bedoel je, moeder?' vroeg Karl-Kwadjo.

'Had de dikkop de staart naar beneden of naar boven? Een dikkop met de staart naar beneden betekent negen. Een dikkop met de staart naar boven betekent zes. Dat heb ik van je vader geleerd. Zoals je wel weet, deed hij de meeste dingen maar half, maar hij had tenminste het verschil tussen boven en beneden geleerd. En ook om met zijn oren te flapperen.'

'Dat moeten we te weten komen,' zei het Slimme Meisje.

'Goed,' zei oom Kofi. 'Ik heb altijd al met mijn oren willen leren flapperen.'

We zeiden dat hij moest zwijgen.

'Meneer de boekhouder zei negen, dat weet ik nog,' zei Karl-Kwadjo. 'En de dikkop op het blad had de staart naar boven, dat weet ik ook nog.'

Het Slimme Meisje fronste haar voorhoofd. Toen nam ze een stokje en begon op de grond te tekenen. Eerst een witmansblad... en daarna een dikkopje op het blad.

'Meneer de boekhouder stond aan deze kant van het blad,' zei ze en wees. 'Wij stonden aan de andere kant. Hij zag een dikkopje met de staart naar beneden. Wij zagen een dikkopje met de staart naar boven. Hij zag negen. Dat was juist. Wij zagen zes, dat was fout.'

'En dat verklaart waarom de verschrikkelijke witmannen zoveel verdienen,' barste oom Kofi uit. 'Eerst zeggen ze dat de prijs zes asia's goudzand is en dan gaan ze aan de andere kant staan, flapperen ze met hun oren en hop, hij is gestegen tot negen asia's!'

In zekere zin had hij gelijk. Ja, hij leerde het een en ander bij op onze reis naar Amanforo. Misschien was het wel vanaf toen dat zijn verstand begon te groeien. Zoals jullie weten werd hij steeds verstandiger met de jaren.

Nou ja, laat ons teruggaan naar het oude vrouwtje. Hoe zouden we te weten kunnen komen wie ze was?

'Dat breng ik in orde,' zei Karl-Kwadjo.

Hij stond op, ging de stad uit en voor we klaar waren met het ontbijt, was hij terug.

'De vrouw in de zak is niemand minder dan de koningin-moeder van Twifo,' vertelde hij. 'Haar zoon, de koning, gaf haar in pand tegen donderstokken, kogels en buskruit om zijn land te verdedigen tegen de aanval van de koning van Assin. Maar het werd een lange oorlog. De vrouw was al oud toen de oorlog begon. En ze stierf.'

We zaten stil na te denken over zijn woorden.

'Pff,' zuchtte het Slimme Meisje. 'Wat doen we nu met het lichaam van de koningin-moeder? Kunnen we haar vannacht inruilen op de lijkenplaats? Of wordt er vandaag een karavaan van Twifo verwacht?'

'Wat grappig dat je dat vraagt,' antwoordde Karl-Kwadjo. 'Ja hoor, er is een karavaan op komst met honderd krijgsgevangenen die als slaven verkocht zullen worden aan de verschrikkelijke witmannen. Bovendien is de broer van de koning meegekomen om zijn moeder vrij te kopen.'

Het Slimme Meisje stond onmiddellijk klaar.

'Wel, waar wachten jullie op?' schreeuwde ze.

Wij zuchtten. We hadden er genoeg van. We knepen onze ogen dicht en hielden onze handen voor onze ogen. Maar daar bereikten we niets mee. Het Slimme Meisje vroeg oom Kofi om ons te kittelen.

En dat deed hij. Zoals jullie wel weten is er niemand in de hele Goudkust die zo goed kan kittelen als oom Kofi. We lachten tot we buiten adem waren. Al werden we er niet blijer om. Ieder die al eens tegen zijn zin gekitteld is, weet dat men kan bulderen van het lachen en toch oneindig triest zijn vanbinnen.

Toen we uitgelachen waren, gingen we op pad naar het noorden, tegelijk opgeruimd en terneergeslagen, de karavaan van Twifo tegemoet.

Morgen zal ik vertellen hoe we de dikke koningsbroer van Twifo ontmoetten en een nieuwe mogelijkheid kregen om het lichaam van oom Kwesi vrij te kopen.

De dikke koningsbroer van Twifo en de list van het Slimme Meisje

Ieder, die al ooit een simpele hond heeft zien proberen om zijn eigen staart te pakken te krijgen, weet dat zulke pogingen de hond alleen maar in cirkels doen draaien. Onze krachtinspanningen om oom Kwesi's lichaam vrij te kopen begonnen op zo'n staartenjacht te lijken. We kwamen nergens.

Het was niet met bijzonder veel enthousiasme dat we de dode koningin-moeder in een bundel pas afgesneden suikerriet verstopten en de karavaan van Twifo tegemoet liepen.

Karl-Kwadjo leidde ons groepje en zoals gewoonlijk liep Kwabena achteraan. Oom Kofi droeg de grote bundel suikerriet op zijn hoofd. Af en toe knikte hij met zijn hoofd, liet de bundel een salto in de lucht maken, deed een paar grappige danspasjes en ving hem op zijn hoofd weer op. Fre-fre-fre-kado! klonk het.

'Zagen jullie dat?' riep hij iedere keer. 'Ik had niet eens mijn handen nodig.'

Iedere keer vroeg het Slimme Meisje hem om voorzichtig te zijn. De koningin-moeder kon eruit vallen en ons verraden.

Niemand is toch vergeten wat er aan de stadspoort gebeurde?

Zo gauw de stadswachten ons zagen komen, sloegen ze alarm. Hun aanvoerder kwam aangetrippeld met een verwachtingsvolle glimlach. Hij stopte voor oom Kofi, zette zijn handen in zijn heupen en strekte zijn hals als een haan die wil kraaien.

'Zeg eens, jij onbeschrijflijk lange zwik,' zei hij met een zachte stem, 'hoe komt het dat jij hout en suikerriet de stad uit draagt als alle anderen die de stad in dragen?'

'Daar is een gemakkelijke verklaring voor,' zei oom. 'Ik doe het omgekeerde van hen en zij doen het omgekeerde van mij!'

'Nu is het genoeg met je onnozelheden!' brulde de man. 'Leg de bundel neer zodat ik kan zien wat je erin verstopt hebt!'

Verlamd van schrik staarde oom hem aan, vertrok zijn gezicht en bevochtigde zijn lippen met zijn tong.

Wij waren even bang als hij. Behalve het Slimme Meisje.

'Als ik omval, moeten jullie hetzelfde doen,' fluisterde ze ons toe.

Toen wrong ze zich tussen oom en de man.

'Toon meneer je kunstjes, oom!' stelde ze voor. 'Toon hem hoe je met de bundel suikerriet kan jongleren zonder je handen te gebruiken!'

Oom lachte gelukkig, knikte met zijn hoofd zodat de zware last de lucht in vloog en een salto maakte. Fre-fre-fre, ratelde het.

De aanvoerder van de wacht volgde de bundel met zijn ogen en merkte niet dat het Slimme Meisje oom voetje lichtte zodat hij omviel. Twom! klonk het. Het volgende ogenblik maakte ze een buiteling over ooms rug, twom, en bleef liggen. Wij deden hetzelfde. Twom, twom, twom, twom, twom, twom, twom, twom, twom, twom, twom!

Nooit eerder in Amanforo's geschiedenis hadden de stadswachten zoveel kinderen allemaal tegelijk zien struikelen en op een grote hoop vallen.

Zelfs Kwabena maakte een tuimeling en bleef liggen – gelukkig in een klein hoopje apart, samen met zijn trouwe kip.

Toen we daar lagen, ineengekronkeld en jammerend, viel oom Kofi's last op het hoofd van de aanvoerder. Fre-fre-kado! Hij zonk neer en viel boven op de hoop.

'Help!' piepte het Slimme Meisje ergens vanuit de wirwar. 'Oma kan niet meer ademen! Sta op, snel, snel!'

Oom Kofi stond zo snel op dat wij, de kinderen, als rijpe kokosnoten rondom hem in een kring neerploften.

'Waar?' schreeuwde hij. 'Waar is ze?'

Tot onze ontzetting zagen we nu dat de suikerrietbundel opengebarsten was en dat de dode koningin-moeder van Twifo op de grond lag uitgestrekt. Maar we hoefden ons geen zorgen te maken. Dat was een deel van het plannetje van het Slimme Meisje.

'Oma!' riep ze naar de dode. 'Lieve, lieve oma, hoe voel je je?'

Daarna wendde ze zich tot de misselijke aanvoerder en beweerde dat oom over oma gestruikeld was en iedereen in zijn val had meegesleurd. En nu moest hij zo vriendelijk zijn om vlug de bundel suikerriet te onderzoeken zodat wij zo snel mogelijk de arme vrouw naar huis konden dragen.

Het Slimme Meisje loog. Ze loog een volwassen mens recht in zijn gezicht. Wij, de elf kinderen waren ontzet! Maar tegelijk waren we onder de indruk van haar vindingrijkheid.

Oom Kofi was helemaal in de war. Hij keek naar de magere gestalte op de grond en mompelde en krabde zich op zijn hoofd. Ten slotte besefte hij dat het niet zijn lieve moeder Yesiwa was, die daar op de grond lag. Ondertussen had de aanvoerder de bundel al onderzocht en liet hij ons verder met rust.

We haastten ons de stadspoort uit. Oom droeg het suikerriet, wij droegen de koningin-moeder tussen ons in. De wachten waren blij dat ze van ons af waren.

Soms stel ik me wel eens vragen bij ooms jongleren met het lichaam van de dode koningin-moeder. Voor hem was het een kinderlijk spelletje. Maar misschien heeft hij de goden vertoornd, net zoals de verschrikkelijke witmannen, omdat ze de verpande lichamen hoog op stellingen leggen? Misschien was het oom Kofi's schuld dat de goden ons zoveel beproevingen deden doorstaan?

We liepen dus op het noordelijke pad. Zo gauw we buiten oog-
bereik van de stad waren, bonden we de suikerrietstengels
opnieuw samen en verstopten de dode vrouw erin. Toen zetten
we onze tocht verder.

Het was warmer dan de dag ervoor. De zon brandde en de
lucht was dik en onbeweeglijk als een gestoomde pastei. Wij, de
elf kinderen, liepen als slaapwandelaars, we sleepten onze voeten achter ons aan, onze arme kinderhoofden slingerden wil-
loos heen en weer, vermoeidheid en gebrek aan slaap eisten hun
tol. De tocht was een kwelling, onze opdracht in Amanforo vol-
ledig zinloos, we verlangden naar onze moeders thuis. En naar
onze eigen slaaphut.

Een na een vielen we om in het stof. En iedere keer als
iemand van ons viel, hees oom ons op zijn schouders. Het was
daar even warm en benauwd, maar we hoefde niet meer te
lopen en bovendien konden we een stukje suikerriet afbreken
en het zoete sap opzuigen.

Ten slotte liepen alleen oom en het Slimme Meisje nog op
hun eigen benen. En Kwabena, natuurlijk, die ver achter ons
aan sukkelde, in een dikke wolk vliegen die zo groot en dik was
dat je enkel nog zijn voeten zag. Er was geen sprake van dat hij
ook op ooms schouders zou kunnen zitten. Ach Kwabena, wat
een kwellingen moest je die dag niet doorstaan!

Uiteindelijk kwamen we aan op de plaats waar we de dag
ervoor de karavaan van Assin hadden opgewacht. We hielden
halt. Oom Kofi haalde ons en de bundel suikerriet van zijn
schouders af en strekte zijn rug dat het kraakte.

Karl-Kwadjo ging wat verder het pad op om te spieden naar
de karavaan uit Twifo. Al gauw kwam hij vertellen dat de karavaan in zicht was.

Het Slimme Meisje beval oom om de dode vrouw uit het suikerriet te halen. Hij gehoorzaamde zonder zeuren en legde het
lichaam dwars over het pad.

Het Slimme Meisje bekeek ons eens goed, zoals we daar holderdebolder zaten waar oom ons neergezet had. Ze glimlachte.

'Vandaag moeten jullie niet treuren,' legde ze uit. 'Vandaag moeten jullie doen alsof jullie moe en mistroostig zijn. Als jullie dat moeilijk vinden, moeten jullie er maar aan denken hoe vervelend de hitte is. Of aan hoe lang onze tocht naar Amanforo nu al duurt. Jullie kunnen het beste proberen een beetje heimwee te voelen!'

We staarden elkaar van pure verbazing aan. We hoefden helemaal niet te spelen dat we moe en mistroostig waren. We waren moe en mistroostig. Bovenmatig moe en mistroostig. Allemaal, behalve oom Kofi die niet snapte waarom hij dat zou moeten zijn.

De voorhoede van de karavaan kwam om de hoek. En wat er daarna gebeurde was een saaie herhaling van de gebeurtenissen van de vorige dag. De soldaten bleven staan toen ze de dode zagen en riepen iets naar achter langs de lange rij. Dan kwam de ene hoveling na de andere en ten slotte kwam de broer van de koning in zijn draagstoel gedragen door acht slaven.

De broer van de koning had een buik die even omvangrijk was als die van de hofmaarschalk van Assin. Als de goden op een duistere nacht op het idee zouden komen om de ene buik te verwisselen voor de andere, zouden noch hij noch de hofmaarschalk het verschil opmerken.

De broer van de koning deed alsof hij zijn eigen moeder niet herkende. In plaats daarvan wendde hij zich tot ons en deed zijn mond open.

We wisten al hoe het gesprek zou gaan. Eerst zou hij ons vragen wie we waren.

En dat deed hij ook.

Dan zou hij vragen wat we met die dode deden.

En dat deed hij dan ook.

Toen was het Slimme Meisje aan de beurt om haar niet helemaal waarheidsgetrouwe maar ook niet helemaal gelogen uitleg op te dreunen.

En dat deed ze.

Daarna zou er een listige glans komen in de ogen van de dikbuikige koningsbroer.

En daar was hij. Toen wisten we dat hij aan de haak hing.

Hij besefte dat hij aan de verschrikkelijke witmannen niet langer twintig pereguanen goud zou hoeven betalen voor het lichaam van zijn oude moeder. Hij zou er met minder vanaf kunnen komen!

'Hoe groot was het losgeld?' vroeg hij even voorzichtig als de hofmaarschalk de dag ervoor.

'Een pereguaan goudzand,' antwoordde het Slimme Meisje. 'Niet meer en niet minder!'

De koningsbroer begon na te denken. En natuurlijk verloor hij zijn aandacht, toen de stank van Kwabena's kip zijn neusgaten bereikte.

'Wat hangt er rond de nek van die figuur daar?' barstte hij geïrriteerd uit.

'Dat is een vanzelf gestorven kip,' antwoordde Kwabena met doffe stem. 'Die moet ik dragen als straf, omdat ik geprobeerd heb om het goud van de kinderen te stelen. Het was hetzelfde goud dat de verschrikkelijke witmannen daarna van hen hebben afgeluisd! Wees gewaarschuwd, heer!'

En natuurlijk werd de koningsbroer even witgloeiend kwaad als de hofmaarschalk was geworden.

'Hoepel op!' brulde hij. 'Weg, verdwijn! Snel, snel voordat ik verga van de stank!'

We hadden de puf niet meer om naar de rest te luisteren. Het eindigde ermee dat de koningsbroer met grote moeite een klein leren zakje opviste uit zijn wijde kleding en dat haastig voor de voeten van het Slimme Meisje wierp. Kum, klonk het. Kwabena moest aan de inhoud ruiken. Ja hoor, het was echt goud.

De koningsbroer gebood zijn mannen om voor het lichaam van zijn dode moeder te zorgen.

Daarna bleven we naast het pad zitten, uitgeput en doodmoe van alles, en keken toe terwijl de lange karavaan voorbij trok in de hitte van de zon. Deze keer hadden we de kracht niet meer om medelijden te hebben met de honderd krijgsgevangenen, die als slaven verkocht zouden worden aan de witmannen.

Toen de laatste soldaat voorbijgekomen was, keerde het Slimme Meisje zich naar ons toe en glimlachte tevreden.

'Nu is de pret voorbij!' schreeuwde ze. 'Jullie hoeven niet langer te spelen dat jullie doodmoe en mistroostig zijn!'

We staarden elkaar aan. Was er iemand die haar kon begrijpen?

Natuurlijk was het haar verdienste dat we opnieuw een pereguaan goudzand hadden. Zij had het plan bedacht, zij had het doorgevoerd, ze had alles gedaan wat je kunt verwachten van iemand die al zo lang het Slimme Meisje genoemd werd dat iedereen haar echte naam vergeten was.

Maar zeg mij nu eens, was het niet op dat moment, toen we daar aan de rand van het pad in het stof en de hitte elkaar zaten aan te staren, dat we begonnen in te zien dat er iets niet pluis was met het verstand van het Slimme Meisje?

Doet er niet toe. In ieder geval kon niemand van ons vermoeden dat de gekte nog groter zou worden.

Als we morgen weer samenkomen zal ik vertellen hoe we ons naar het stenen huis van de verschrikkelijke witmannen begaven en de bovenmatig dikke meneer de hoofdkoopman opzochten.

De dikke meneer de hoofdkoopman
en het driedubbele losgeld

Opnieuw hadden we goud, opnieuw gingen we naar het stenen huis van de verschrikkelijke witmannen, opnieuw zouden we oom Kwesi's dode lichaam loskopen.

'En deze keer zal het lukken!' zei het Slimme Meisje met grote nadruk. 'Of niet soms?'

Karl-Kwadjo en oom Kofi waren het met haar eens. Ze waren stoer en beslist. En wij, de elf kinderen, wilden hen niet in de steek laten. En ook al begonnen de vermoeidheid en het gebrek aan slaap zwaar door te wegen, we beloofden onze ogen open te houden. De witmannen en hun sprekende bladen zouden ons niet van de wijs brengen.

Kwabena beloofde niets. Hij trok alleen zijn schouders op. Weten jullie nog dat de drie soldaten aan de poort ons eerst niet binnen wilden laten?

Ja, ze hadden strenge orders gekregen – zowel van meneer de korporaal als van meneer de boekhouder. Wij waren gekken, druktemakers en bedriegers, die probeerden om deftige mensen zakken met oude, gebarsten houtfiguren en vervalste goud-klompen aan te smeren. Bovendien stonken we als een troep ongewassen stinkdieren. We moesten afgeranseld worden, van voor en van achter en dan weggejaagd.

Maar daar kwam niets van in. Toen we vertelden dat het ons om het lichaam van oom Kwesi ging, bleken de drie soldaten oom nog gekend te hebben in de tijd dat hij nog in zijn lichaam leefde. Ze waren goede vrienden en drinkebroers geweest – ook al was oom toen slechts een simpele compagnieslaaf. Ach, hoeveel keer hadden ze elkaar niet onder tafel gedronken en elkaar eeuwige vriendschap gezworen? Ontelbaar!

Toen we hen daarna vertelden, dat oom Kwesi's geest iedere nacht kwam spoken bij ons, keken ze elkaar onrustig aan en vroegen ons om hem hun eerbiedige groeten over de brengen.

En plotseling moesten ze hoognodig plassen, alle drie op hetzelfde moment. Ze haastten zich weg en lieten de poort open en onbewaakt achter. Wij snapten wel dat ze ons de gelegenheid wilden geven om binnen te glippen in het fort.

En dat deden we.

Er waren geen witmannen op de uitgestrekte binnenplaats – alleen een paar compagnieslaven die de varkens in het varkenshok voederden. Opgewekt slopen we het grootste huis in. Sorasora, klonk het om onze voetzolen.

Al gauw waren we aan de deur van meneer de hoofdkoopman. Karl-Kwadjo klopte zacht en voorzichtig aan. Pim-pim, klonk het. Iemand riep iets daarbinnen.

'Hij vraagt ons om binnen te komen,' vertaalde Karl-Kwadjo en opende de deur.

We hadden al twee vreselijk lelijke witmannen gezien en we hadden verwacht dat deze witman nog lelijker zou zijn. Toch waren we verrast. Ja, ieder van ons moest zich op de lip, op de tong of in zijn hand bijten om het niet uit te schreeuwen van afschuw.

Dat witte, vetglanzende, totaal ronde gezicht met de opgeblazen wangen en de bungelende kinnen! Die etterige, lopende varkensogen, ingebed in vele lagen vetrollen! Die platte tronie! Die vochtige mond, bloedrood en opgezwollen als het achterwerk van een liefdesziek bavianenwijfje! En dan dat bovenmatig dikke lijf! De buik was zo dik als de buik van de hofmaarschalk van Assin en zijn achterwerk zo dik als de buik van de koningsbroeder van Twifo. Ja, deze witman was nog lelijker dan meneer de boekhouder.

Hij zat daar vriendelijk lachend op een bovenmaats brede stoel en ik denk dat ik durf te beweren dat we alle elf op die stoel hadden kunnen zitten, als we ons een beetje hadden samen geduwd.

De witman luisterde en knikte. Maar plotseling schrok hij op, zijn tronie wiebelde heen en weer, hij vloog op met onverwachte snelheid en zwaaide met zijn armen.

Wat hij schreeuwde, leek op apengetater – maar natuurlijk van een veel autoritairdere soort dan het getater van meneer de korporaal en meneer de boekhouder.

Kwabena begreep waar het om draaide. Hij stapte naar voor en hield de trieste resten van de vanzelf gestorven kip omhoog.

'Deze rottende kip moet ik dragen als straf,' ratelde hij, 'omdat ik geprobeerd heb om deze kinderen van het goud te beroven dat ze willen gebruiken om het lichaam van hun oom los te kopen. Wees gewaarschuwd, meneer de hoofdkoopman, en durf hen niet te bedriegen!'

Toen Karl-Kwadjo deze waarschuwing had vertaald, barstte de witman in lachen uit. Hij viel achteruit in zijn grote stoel, zakte onderuit, stampte geweldig met zijn voeten en lachte zo hard dat zijn buik hobbelde en trilde.

Verbaasd staarden we naar elkaar. Het Slimme Meisje vroeg Karl-Kwadjo wat er aan de hand was. Hij wilde niet antwoorden. Het begon te trekken in zijn witte gezichtshelft en in zijn witte arm en been en toen barstte de lach uit zijn witte mondhoek en hij explodeerde.

Maar zijn zwarte lichaamshelft bewoog onrustig heen en weer en schaamde zich voor het onbetamelijke gedrag van zijn witte helft.

'Hahaha, jullie zijn verdomme niet goed wijs!' vertaalde hij ten slotte. 'Hierheen komen en hahahaha... een hooggeplaatste compagnieambtenaar bedreigen met een... hahahah... vanzelf gestorven kip!'

De arme Kwabena trok zich terug in een hoek van de kamer. Meneer de hoofdkoopman haalde de dikke stapel sprekende bladen tevoorschijn, legde ze op zijn grote buik, likte aan zijn duim die zo dik was als een citroen, bladerde, mompelde en liet zijn wijsvinger, ook zo dik als een citroen, over de rijen wormen glijden zoals meneer de boekhouder had gedaan. We volgden elke beweging, zagen elke verandering in zijn lelijke, vetblinkende gezicht. Nee, deze keer zouden we ons niet laten bedriegen!

Toen bleef zijn vinger hangen bij een troep wormen.

'Kwesi,' zei hij.

'Ja, hoor, oom Kwesi is in de lijkenplaats,' vertaalde Karl-Kwadjo. 'Op platform nummer...'

De citroenvinger gleed naar de eenzame worm aan de rand. We staarden er als behekst naar, herkenden de dikkopworm, zagen dat de staart naar beneden wees voor de witman en naar boven voor ons.

'... negen!' zeiden we allemaal tegelijk.

De verschrikkelijke meneer de hoofdkoopman staarde ons verbaasd aan. Daarna strekte hij zijn witte, opgezwollen handpalm uit naar oom Kofi, hield zijn hoofd schuin en toonde een brede glimlach.

'Dat is dan drie pereguanen goud,' zei Karl-Kwadjo uit zijn linker mondhoek, 'terwijl hij breed glimlachte met zijn rechter mondhoek.'

'Maar het losgeld is maar één pereguaan,' merkte het Slimme Meisje op.

'Jazeker,' antwoordde meneer de hoofdkoopman via Karl-Kwadjo. 'Maar er zijn een paar kosten bijgekomen voor het bewaren van het lichaam tijdens de voorbije negenenveertig dagen. Een zak teer en zout om het lichaam in goede conditie te bewaren, bewaking de klok rond, buskruit en kogels om de gieren weg te houden. En nog zo het een en ander.'

'Wat dan?' wilde het Slimme Meisje weten.

'Lieve meid,' zei de witman en schudde zijn hoofd zodat zijn wangen en kinnen schudden van hier naar ginder. 'Je krijgt niets voor niets in deze wereld, ook al beelden jullie zwartjes je dat in. Er zijn vele pereguanen goud nodig om schepen te bouwen en goederen te transporteren van de noordelijke witmanslanden naar de Goudkust. Ja, en eerst en vooral is er goud nodig om zulke grote stenen huizen te bouwen en werkkamers, logement en voorraadkamers in te richten. Om ambtenaren, soldaten, handwerklieden, knechten en dienstmeiden loon te betalen. Ten slotte en zeker niet het minst belangrijk, moet er ook nog wat winst op zijn.'

Karl-Kwadjo vertaalde en had het moeilijk met al die moeilijke woorden. Zijn zwarte lichaamshelft, zweette even erg als zijn witte.

Het Slimme Meisje was erg onder de indruk van de uitleg van meneer de hoofdkoopman. Ze luisterde, gaapte en knipperde heftig met haar wimpers. Wij begrepen er niets van.

Toen viel de witman stil. Het werd zo stil dat we de branding konden horen. Hij leunde naar voor, gleed met zijn buik over de tafel en nam het zakje goudzand uit Kofi's handen. Daarna zette hij de goudweegschaal op zijn buik, goot het zand in de ene schaal, woog het en stelde vast dat het een pereguaan was, niet meer en niet minder.

Ten slotte haalde hij een wit blad tevoorschijn, legde het op zijn buik en deed hetzelfde wat meneer de boekhouder had gedaan – tekende er een hele hoop wormen op. Kr-kr-kr, raspte de veer.

'Hier is het betalingsbewijs,' zei hij en gaf het sprekende blad aan het Slimme Meisje. 'Het losgeld is betaald. Kom terug als jullie de rest hebben.'

'Vraag hem of we nu het lichaam kunnen gaan halen!' riep Kwabena uit zijn hoek.

Toen de verschrikkelijke witman de vertaling van de vraag hoorde, liet hij zich achteruit vallen in zijn stoel en lachte zo hard als een hele troep hyena's bij elkaar. Zijn hele lichaam schudde, hij sloeg zijn vette handpalmen tegen zijn vette dijen, hij stampte met zijn voeten. Aan die voeten droeg hij blinkende leren schoenen met lange schachten van het soort dat de witmannen graag dragen en toen hij ze tegen het tafelblad schopte, klonk het als een donderslag. Kokoro-kokoro-kokoro!

Oom Kofi kon zich niet meer beheersen, hij begon ook te lachen. Maar ineens stopte de witman en ging weer rechtop zitten.

Toen kwam het antwoord. Nee, we konden het lichaam niet meenemen tot we de hele schuld betaald hadden. En als we weer negenenveertig dagen zouden wachten, zouden we nog twee pereguanen goudzand moeten betalen.

Het Slimme Meisje trok een zuur gezicht, verfrommelde kwaad het sprekende blad, wierp het hoofd in de nek en draafde de kamer uit. Wij volgden haar, verbaasd en verward.

Toen we de deur achter ons dicht hadden geslagen, legde ze uit, dat we ons niets meer zouden aantrekken van al die kosten van de witmannen en die sprekende bladen. Wij stonden nu in ons recht.

'En ieder van jullie snapt wel wat we vannacht gaan doen,' sloot ze af.

Ik denk dat er wel de een of de ander onder ons was die wilde protesteren. Maar niemand durfde het echt te doen – niemand behalve Kwabena.

Ach, Kwabena, Kwabena, je waarschuwde ons keer op keer! Maar het Slimme Meisje wilde nooit luisteren naar je waarschuwingen. En wij vertrouwden op haar en niet op ons eigen gezond verstand. En dus verliep alles zoals het verliep. Ons derde en laatste bezoek aan de lijkenplaats eindigde met een catastrofe. Weten jullie nog?

Ja, natuurlijk weten jullie het allemaal nog. Eigenlijk hoef ik helemaal niets te vertellen. Maar jullie hebben gevraagd om het te doen en ik ga verder zo lang jullie kunnen blijven luisteren. Morgen zal ik over de catastrofe vertellen.

De catastrofe
in de verschrikkelijke lijkenplaats

Zoals jullie weten werd onze lieve oom Kofi steeds verstandiger met de jaren. En ik denk dat het al te merken was tijdens ons verblijf in Amanforo. Ja, echt waar! De verandering begon tijdens de derde en laatste nacht in de lijkenplaats van de verschrikkelijke witmannen.

Denk eens na! Sukkelde oom in de kuil, toen we weer door de omheining drongen? Nee. Klemde hij zijn handen, toen hij de paal weer op zijn plaats zette? Nee.

Hoe vermeed hij om te vallen en zich vast te klemmen? Wel, toen hij de paal eruit had getrokken, legde hij zich op de grond en duwde hem voor zich uit door de spleet in de omheining. Daarna stapte hij voorzichtig in de kuil en kwam zo aan de andere kant. Daarna, toen het Slimme Meisje, Karl-kwadjo, Kwabena en wij, de elf kinderen, in de lijkenplaats waren, zette hij het onderste stuk van de paal in de kuil en tilde het bovenste stuk omhoog. Van binnenuit.

Hij had het allemaal zelf op voorhand uitgedacht legde hij tevreden uit. Maar was er iemand die hem een schouderklopje gaf? Nee. Integendeel, het Slimme Meisje snauwde hem af en vroeg hem te zwijgen. Daarna gaf ze onze orders.

Iedereen moest zich verspreiden en onder de houten stellingen zoeken naar een bordje met een worm, die op een dikkopje leek en dat de staart naar onder had en niet naar boven en dat dus negen en niet zes betekende.

Wij kinderen hielden ons in de buurt van oom Kofi, drukten ons zo dicht tegen hem aan dat hij nog nauwelijks kon lopen. Wij waren zo bang dat we bijna onze voeten niet opgetild kregen. Ze voelden zo zwaar aan als stenen.

De lijkenplaats was nog angstaanjagender dan de vorige nachten. Weten jullie nog waarom? De maneschijn was heel anders.

De maan hing boven de omheining en scheen met een scherpe witte glans. De hele lijkenplaats – palen, stokken, dwarsbalken, gesjorde touwen, planken, platformen en zeildoeken – waren onnatuurlijk scherp afgelijnd.

Het was alsof alle dingen belicht werden door een oneindig lange bliksemschicht. Randen en contouren werden zichtbaar als verblindend witte strepen en alle schaduwen waren zwarter dan het zwartste zwartsel.

We konden elke plooi in de vormeloze zeildoekzakken zien, we konden de draden van het weefsel zien, waar de teerlaag maar dun was, we konden de lompe herstellingen en naden zien.

We konden de neergeschoten gieren overal in het rond zien liggen, verwrongen, kapotgeschoten en in verschillende stadia van verrotting. We konden de gapende snavels zien en de opengesperde klauwen, de zwarte bloedvlekken, de oude, schoongeknaagde skeletten, de hologige schedels, de kapot getrapte beenresten. We konden dons en veren in de wind zien rondvliegen, vette ratten die heen en weer renden, witte maden die overal op de grond kropen.

De kou was erger dan de vorige nachten. We rilden en klappertandden. Fre-fre-fre. De wind wervelde rond, soms floot hij schel als een honingkoekoek, soms gaf hij doffe, holle tonen af zoals wanneer je in een zeeschelp blaast. Wa-ho, wa-ho! Dan weer overviel hij ons en probeerde ons omver te gooien, dan weer blies hij heen en weer tussen de palen en schudde ze zo erg dat de platformen klepperden. Ta-ta-ta!

Wat als de stellingen het begaven! Wat als de platformen stuk getrokken werden! Wat als de lijkzakken op ons zouden vallen!

We hoefden helemaal niet te zoeken naar het juiste platform. Oom Kwesi's geest zat er op. Het was hetzelfde platform waar hij de nacht ervoor op had gezeten.

Weten jullie nog hoe onwerkelijk hij eruit zag? De houten stelling zwaaide in de wind, maar de geest zwaaide er niet in mee. Hij zat daar volkomen onbeweeglijk, terwijl het platform als een schommel op en neer wiebelde door zijn benen. Het zag er belachelijk uit. En tegelijk angstaanjagend. Enkelen hikten van de schrik, enkelen van het lachen, anderen wisten niet waarom ze hikten.

Langzaam en met tegenzin verzamelden we ons onder hem, we roken zijn scherpe geur en zagen hoe zijn doorschijnende gestalte gevuld werd door het griezelige maanlicht om dan weer gedoofd te worden in een wolkenschaduw.

'Wel hebben jullie vorige nacht gevonden wat jullie zochten?' vroeg hij met zachte stem.

Niemand antwoordde hem.

'Willen jullie me niet vertellen wat er in de zak zat die jullie hier vandaan gesleept hebben?'

Zijn stem droop van leedvermaak. Maar het Slimme Meisje trok haar schouders op, leunde naar voor en bestudeerde het plakkaatje dat vastgespijkerd zat op een van de palen.

'De dikkopstaart is naar de juiste kant gedraaid,' mompelde ze.

'Je bent me een excuus verschuldigd, Slim Meisje,' zei de geest en zonk naar beneden, tot zijn benen diep in de aarde drongen en zijn gezicht op gelijke hoogte met het hare kwam.

'Zou ik een sloddervos en een dronkaard om excuus moeten vragen?' antwoordde ze met een misprijzend lachje. 'Als je de eerste nacht de juiste zak had aangewezen, hadden we de laatste paar dagen heel wat minder zorgen gehad.'

Bevend van woede strekte hij zijn handen naar haar uit, greep haar bij de dunne hals en probeerde haar te wurgen – maar zijn vingers gingen recht door haar heen.

Ze lachte hem honend in zijn gezicht uit. En dat verdroeg hij niet. Nee, de stakker barstte in huilen uit en veranderde in stoom – en toen kreeg de wind hem te pakken en waaide hem weg.

Oom Kofi greep het Slimme Meisje vast, tilde haar op en keek haar in de ogen.

'Ik hou niet van je als je zo gemeen doet tegen mijn broer,' zei hij met verdriet in zijn stem.

'En ik vind dat je op de stelling moet klimmen en je broers lichaam eraf moet halen, voordat het verdwijnt!' siste ze en schopte hem in zijn maag.

Hij liet haar los en klom op de stelling.

'Hij is te zwaar,' zei iemand van ons.

Ja, oom Kofi was te zwaar voor de stelling. Een paal brak in tweeën met een luide knal! Poo! De hele stelling knikte, een stok kwam los, zwaaide naar beneden en sloeg ons omver. Kum! Kum! Toen oom zich op het platform hees, gaf de stelling mee en draaide een halve slag terwijl hij langzaam naar één kant viel. Palen en stokken knarsten en piepten als zwaar belastte zeekano's die tegen elkaar aan schuren. Het platform kwam op de stelling ernaast terecht. Kado! Oom Kofi maakte een buiteling. Afgetekend als een groot, zwart, schoppend en vechtend silhouet tegen het glanzende maanlicht, viel hij op het volgende platform, waardoor de stelling ervan omkieperde en met een reusachtig gekraak en gedreun neerviel zodat oom een nieuwe buiteling maakte...

Palen spleten in twee, stokken braken, platformen stortten neer, zwarte bundels werden heen en weer geslingerd, botsten, scheurden kapot en verloren hun inhoud op de grond en het was een schurken en kermen en kraken en dreunen en knakken en breken en schuren en raspen zonder weerga en de hele tijd tuimelde oom keer op keer van platform naar platform, daar boven in de maneschijn, hoog boven de wirwar beneden.

In weet niet of ik al verteld heb dat de platformen in twee rijen stonden. Stelling nummer negen viel op stelling nummer tien en nummer tien viel op nummer vijf en nummer vijf viel op nummer vier en nummer vier viel op nummer drie en nummer drie viel op nummer twee en nummer twee viel op nummer een en nummer een viel op nummer zes en nummer zes viel op nummer zeven en nummer zeven viel op nummer acht en nummer acht viel en toen waren er geen stellingen meer die de verpande lichamen optilden tot aan de Woning van de Goden en er zijn bewoners beledigde.

Maar stelling nummer acht viel niet op de resten van nummer negen om de kring van rotzooi te sluiten, nee die viel recht op het wachthuis bij de poort en daar op het dak stopte oom Kofi's tienvoudige buiteling.

Uit het wachthuis kwam de verschrikkelijke meneer de korporaal gestormd met vijf soldaten in zijn kielzog die hun blanke sabels zo hevig heen en weer zwaaiden dat ze duizenden cirkels en bogen van maanglitter tekenden in de lucht.

Waar konden we heen?

Er was maar één vluchtweg, één enkele opening in de kring van de omgevallen stellingen en daar stonden de soldaten. We schoten in het rond als duizelige, kakelende kippen. Maar wat hielp het?

Oom Kwesi's geest toonde zich opnieuw, versperde ons een voor een de weg en smeekte en bezwoer ons om zijn lichaam te zoeken en te vluchten, voor het te laat was. Maar wij waren doodsbang en renden recht door hem heen, een voor een.

Daarna probeerde hij onze achtervolgers schrik aan te jagen. Hij draaide zich om hen heen, stootte de meest ijzingwekkende kreten in hun oren, blies zich op en probeerde er dreigend uit te zien, ja hij trok zelfs lelijke grimassen. Maar het was allemaal tevergeefs, niemand kon hem zien, noch de witte, noch de zwarte soldaten waren immers familie van hem.

De enige die rustig bleef was Kwabena. Hij zat op een steen midden in de rondedans en bekeek alles met een vermoeide gelatenheid.

Een voor een werden we gegrepen door de soldaten. Ten slotte was er enkel nog oom Kofi over. De verschrikkelijke meneer de korporaal beviel hem van het dak af te komen.

Maar hij bleef zitten.

'Lieve oom Kofi!' schreeuwde het Slimme Meisje. 'Kom naar beneden om ons te bevrijden! Jij bent sterk genoeg om alle soldaten te overwinnen.'

'Dat zal ik niet doen,' antwoordde hij. 'Als men zo sterk is als ik moet men lief zijn.'

Hij kneep zijn ogen dicht en stopte zijn grote duimen in zijn oren om niet meer te hoeven zien of horen wat er gebeurde.

De soldaten moesten het dak opklimmen, hem vastbinden en hem naar de grond laten zakken.

Daarna werden we naar het grote stenen huis van de verschrikkelijke witmannen geleid, oom Kofi, het Slimme Meisje, Karl-Kwadjo, Kwabena en wij, de elf kinderen en we werden opgesloten in een enge gevangeniscel.

Meneer de korporaal vertelde trots dat hij en zijn mannen ons hadden opgewacht in het wachthuisje. Twee ochtenden na elkaar hadden de wachtpatrouilles een opening ontdekt in de omheining. Aan de binnenkant had telkens de uitgetrokken paal gelegen.

Het Slimme Meisje had er niet aan gedacht dat de palen weer opnieuw op hun plaats moesten komen, toen we de lijkenplaats verlieten. Ze had een onvergeeflijke blunder gemaakt, niet één maar twee keer. Het was niet te begrijpen.

Morgen zal ik vertellen over het vermogen en het onvermogen van de rottende kip.

Het vermogen en onvermogen van de rottende kip

Onze reis naar Amanforo was begonnen met een belangrijke en ernstige opdracht, die de familie ons had gegeven.

Maar wij waren maar kinderen – ja, ook oom Kofi en het Slimme Meisje waren kinderen – en zoals kinderen dat doen, maakten we van de opdracht een vrolijk spel en een spannend avontuur.

De goden straften ons echter door ons terug te dwingen in de vreselijke werkelijkheid. Ze lieten de witmannen ons gevangen nemen en ons opsluiten in hun grote stenen huis.

De gevangeniscel was eng. En koud en vochtig. Water sijpelde door de barsten in een van de muren en liep over de stenen tegels op de vloer. De ratten renden heen en weer. En het was donker. Pas toen de dag aanbrak, zocht een zwak licht zich een weg door de tralies van de kleine opening in de massieve gevangenisdeur.

Aan weerskanten van onze gevangenis waren grote slavencellen. In de ene zaten de honderd krijgsgevangenen van Assin opgesloten en in de andere de honderd krijgsgevangenen van Twifo. Soms zongen ze trieste liederen over hun kinderen, vrouwen en thuisland dat ze nooit meer zouden terugzien. Soms vervloekten ze elkaar. De Assinezen gaven de schuld voor hun ongeluk aan de Twifonen. En de Twifonen gaven de Assinezen de schuld. En wij, in het midden, waren gedwongen om toe te horen.

Toch hadden de krijgsgevangenen een lichter lot dan wij. Zij wisten wat hen te wachten stond.

Ze bleven opgesloten, tot een van de drijvende huizen van de witmannen hen kwam halen om hen naar de witmanslanden aan de andere kant van de oceaan te brengen. Daar zouden ze werken als slaven op een plantage en in zilvermijnen, dag en nacht werken tot ze stierven van uitputting.

Maar wij hadden geen idee van wat ons te wachten stond.

We waren moe na drie nachten van beproevingen in de lijkenplaats, we waren moe na dat lopen van hot naar her en we waren elkaar moe. En zittend of half liggend op de koude, vochtige vloer, waren we vooral bang.

'De verschrikkelijke witmannen zijn de lijkenplaats aan het opruimen,' zei Karl-Kwadjo. 'Ze zullen snel ontdekken dat er twee lijken ontbreken.'

'Ze zullen ons van diefstal beschuldigen,' snikte iemand van ons.

'Met recht en rede,' vond Kwabena.

Iemand van ons protesteerde – maar zonder kracht en overtuiging. Diep in ons binnenste wisten we allemaal dat we schuldig waren aan diefstal – zelfs jij, de jongste van ons.

'We zijn even grote dieven als de korporaal, de boekhouder en de hoofdkoopman,' zei je.

'Ja, jullie verdienen elk een vanzelf gestorven kip om jullie nek,' ging Kwabena verder.

'Dat is juist,' stemde oom Kofi in. 'Maar hoe kunnen we zoveel kippen te pakken krijgen als we hier opgesloten zitten?'

'Niet wij maar de witmannen verdienen een vanzelf gestorven kip,' mompelde het Slimme Meisje.

Toen veerde ze rechtop.

'Hoera!' schreeuwde ze. 'Ik heb een idee!'

Iedereen kreunde.

'Willen jullie dan niet uit de gevangenis komen?' vroeg ze chagrijnig. 'Willen jullie niet naar huis?'

Wij zwegen.

'Je ideeën zijn altijd zo... ja, eigenwijs geweest,' mompelde iemand van ons ten slotte. 'Het meeste is misgelopen...'

'We hadden niet naar haar moeten luisteren,' mompelde een andere.

'Ons heeft niemand wat gevraagd,' mompelde een derde. 'Zij besliste alles.'

'Wat nu?' morde het Slimme Meisje. 'Jullie hebben al mijn voorstellen goedgekeurd!'

'Voorstellen?' mompelde een vierde. 'Bevelen, ja!'

'Is dat mijn dank?' siste ze. 'Wie heeft jullie uit alle gevaren en hachelijke toestanden gered? Ik en niemand anders. En ik zal jullie hier ook uit krijgen! Ik heb jullie dank of toestemming niet nodig.'

Ze trok Karl-Kwadjo mee naar de getraliede opening in de deur.

Daar bleven ze urenlang staan.

Kennen jullie haar plan nog? Ja, als je erover nadenkt moet je toegeven dat het een listig plan was. Ze zette haar val met grote vaardigheid. Of niet soms?

Midden op de dag kwam de verschrikkelijke meneer de korporaal eraan gewandeld door de keldergang – en daar had het Slimme Meisje op gerekend.

'Meneer de korporaal,' siste ze met een dreigende stem. 'Geef het goud terug dat je van ons gestolen hebt! Anders zal je door de toorn van de goden getroffen worden!'

Karl-Kwadjo vertaalde haar dreigement.

De korporaal bleef staan, keek om zich heen, lachte honend en legde uit dat hij er geen idee van had waar ze over sprak. En trouwens, ze had geen bewijzen. Er waren geen getuigen van dat waar hij geen idee van had – niemand anders dan kinderkonten en zwakzinnigen, die telden als getuigen niet mee. Trouwens, onze goden bestonden niet. Er was maar één god, de verschrikkelijke god van de verschrikkelijke witmannen. En als het Slimme Meisje haar bek niet kon houden, zou de god van de witmannen ons op komen eten. De god at een dozijn kinder-konten en ooms per dag!

Meneer de korporaal haastte zich om weg te komen en ver-dween.

Wij, kinderen, waren ervan overtuigd dat het dreigement van het Slimme Meisje mislukt was. Maar zelf was ze vergenoegd en tevreden. De witman had haar precies het antwoord gegeven waar ze op gehoopt had.

Wij begrepen er niets van. Trouwens, we waren al te angstig om het ons aan te trekken.

De middag ging voorbij. De nacht viel. Het zwakke daglicht in de gang werd vervangen door het zwakke licht van olielampjes die aan de dakgewelven hingen. Wij sliepen, doezelden, hadden schrik en verlangden naar huis. Eentje was stiekem aan het hui-len. Pye-pye-pye.

Tegen middernacht viel alles stil in het grote stenen huis van de witmannen. Toen stond het Slimme Meisje op, wekte oom Kofi en beval hem de tralies van de opening in de gevangenis-deur open te plooien.

Verrukt greep hij twee stangen vast, boog ze ieder naar hun kant, alsof ze van weke klei in plaats van hard ijzer gemaakt waren.

'Gaan we vluchten?' vroeg hij.

'Vluchten?' herhaalde ze. 'Ben je gek?'

'Dat ben ik nooit geweest,' zei hij kalm en met een spoor van verdriet in zijn stem.

Nee, we gingen niet vluchten. Eén van ons zou een kleine uit-stap maken en de rest mocht rustig verder slapen.

Verbaasd staarden wij, de elf kinderen, elkaar aan in het half-duister. Wie was de uitverkorene die een kleine uitstap zou mogen maken?

Het Slimme Meisje sloop naar Kwabena, kneep even in zijn kleine neus en wreef zich liefdevol tegen hem aan.

'Mijn lieve Kwabena,' zei ze. 'Je moet door de opening klimmen en naar kamer van de verschrikkelijke meneer de korporaal sluipen en je rottende kip rond zijn nek hangen. Maar onthoud vooral dat je het moet doen zonder hem wakker te maken.'

'Dat kan niet,' pruttelde Kwabena tegen. 'Oma Araba heeft gezegd dat ik de kip niet zelf eraf mag halen.'

'Ik beloof dat je ze terugkrijgt,' zei het Slimme Meisje.

Kwabena knikte, ging naar de deur, slingerde zich geluidloos en soepel als een geoliede slang naar buiten door de opening en verdween in het donker.

Toen hij even later weer door de opening naar binnensloop, had hij de kip niet meer rond zijn nek en was hij erg gelukkig. Ach, Kwabena, Kwabena, we gunden je dat geluk van harte – al was het maar voor een paar korte uren!

En wat gebeurde er dan? Wel, het Slimme Meisje beval oom Kofi om de tralies weer recht te buigen.

'En doe het fatsoenlijk,' maande ze hem.

Op dat moment kwam de geest van oom Kwesi weer tevoorschijn. Hij kwam tussen de opening en oom Kofi te staan.

'Luister naar me, broertje!' schreeuwde hij in ooms ene oor. 'Nu is het genoeg met al dat geleuter en gezwam! Breek uit dit gat en ga recht naar de lijkenplaats om mijn lichaam te halen. Daarna moet je naar huis, naar moeder Yesiwa om ervoor te zorgen dat het begraven wordt! Je bent zo sterk als een olifant, geen enkele witman kan je tegenhouden!'

Het Slimme Meisje klom op oom Kofi's heup en schreeuwde in zijn andere oor.

'Luister, oom! We hebben nog een laatste kans om alle fouten goed te maken – maar dan mogen we geen nieuwe begaan.'

'Luister niet naar die kleine intrigant!' schreeuwde de geest. 'Ze maakt alles alleen maar ingewikkeld. Trek je van de kleintjes niets aan! Met hen kunnen we niets aanvangen, jij en ik. Kom, laten we gaan!'

Oom knikte enthousiast.

Het Slimme Meisje gaf zich niet gewonnen. Ze wist hoe ze de geest moest aanpakken. Ze leunde zich naar hem en glimlachte vriendelijk.

'Wil je een borrel, voor jullie vertrekken?' vroeg ze zacht.

De geest verstijfde.

'Een borrel,' herhaalde hij en likte zich om de mond met zijn doorschijnende tong. 'Kleine, fantastische meid, heb je brandewijn? Hier?'

'Nee, ik niet,' was het antwoord, 'maar je broer heeft iets meegebracht voor jou.'

De geest klaarde op als een zon. Hij slingerde zich rond oom Kofi, kroop in en uit zijn kleren en snuffelde eraan als een uitgehongerde das.

'Broertje, broertje vertel me niet waar het zit. Laat mij het zelf vinden! Ach, die gezegende brandewijn.'

Oom Kofi stond daar te gapen. En ik durf te beweren dat wij kinderen even verbaasd waren als hij.

De geest zocht en zocht en uiteindelijke gaf hij het op.

'Bah, hoor eens, hou me nu niet langer voor de gek,' zei hij en probeerde zijn doorschijnende handen op de brede schouders van zijn broer te leggen. 'Wees nu eens aardig en geef me de brandewijn! Zie je ik heb al vijftig dagen geen druppel meer gedronken...'

Oom Kofi's gezicht vulde zich met weerzin. De geest viel plotseling stil en keerde zich naar het Slimme Meisje.

'Er is geen brandewijn,' zei ze met een duivelse glimlach. 'En trouwens... als die er geweest was, zou hij toch recht door je heen gevloeid zijn. Ben je vergeten dat je geen lichaam meer hebt?'

De geest werd zo razend dat hij zich niet meer samen kon houden. Kleine stukjes vlogen weg uit hem zoals vonkjes uit een vuur springen. En van lieverlede verdween hij helemaal.

'Nu weet je dat je broer geen haar veranderd is,' zei het Slimme Meisje tegen oom Kofi. 'Hij heeft nog steeds geen verstand en inzicht.'

Dus kreeg het Slimme Meisje haar zin. Oom boog de tralies weer recht.

Daar zaten we dan in het donker. Wie graag had willen vluchten kon niets anders meer doen dan snikken en naar huis verlangen. Yo-yo-yo.

Met regelmatige tussenpozen echode de stem van de geest door de keldergewelven en vervloekte oom Kofi als moordenaar van zijn voorvaders. Iedere keer barstte oom in huilen uit.

En hoe ging het nu met het plan van het Slimme Meisje?

Vlak voor de dageraad hoorden we sluipende passen in de keldergang. Soer-soera. Een brandende vetkaars, van het soort die de witmannen gebruiken, dook op in de opening en daarachter lichtte het witte gezicht van meneer de korporaal op.

Hij staarde naar ons en knipperde voortdurend met zijn ogen. Hij had niet gedacht dat we nog steeds in de gevangeniscel zouden zitten. Hij rukte aan de deur. Die was stevig gesloten. Daarna rukte hij aan de tralies. Ze zaten goed vast. Toen hij dit allemaal ontdekt had, werd hij doodsbang. Zijn ogen rolden rond als glazen knikkers. Hij begon te fluisteren. Karl-Kwadjo vertaalde zijn woorden en deed zijn gebroken stem na.

'Lieve, aardige, schattige... neem haar alsjeblieft weg... die rotte kip.. ik kan toch zo niet onder de mensen komen... dan weten ze dat ik gestolen heb... lieve... jullie krijgen je goud terug... zie, hier is het... er ontbreekt geen enkel klein korreltje!'

Hij stak een leren zakje door de tralies en liet het op de grond vallen. Kum! Daarna hield hij resten van Kwabena's kip in zijn bevende handen...

Het Slimme Meisje gaf Kwabena een teken, hij kwam naar voor, stak zijn handen door de tralies en bevrijdde de korporaal van het leren snoer, nam de kip, trok haar naar binnen en hing haar met een zucht weer rond zijn eigen nek.

Meneer de korporaal sloop weg.

Op die manier kregen we het goud terug, dat we mee hadden gebracht om oom Kofi's lichaam vrij te kopen. Met het goud kregen we ook de hoop weer terug. We hadden er spijt van dat we het Slimme Meisje bekritiseerd hadden. We gaven haar nu complimenten.

Daarna herhaalde ze haar stunt.

De volgende uren stonden zij en Karl-Kwadjo aan de getraliede opening en toen de verschrikkelijke meneer de boekhouder eindelijk toevallig voorbij kwam, kreeg hij dezelfde bedreigingen te horen als de verschrikkelijke meneer de korporaal. Hij antwoordde even honend als de korporaal had gedaan.

's Nachts boog oom Kofi de tralies uiteen, Kwabena maakte zijn uitstapje en kwam zonder kip en gelukkig weer terug. En was dat niet de verschrikkelijke meneer de boekhouder die bij het aanbreken van de dag kwam aangeslopen? Geschokt en vol berouw gaf hij het goud dat hij ons had ontfutseld weer terug en vroeg om verlost te worden van de stinkende resten van de vanzelf gestorven kip.

En nu hadden we niet één maar twee pereguanen goudzand. We prezen het Slimme Meisje, we bedolven haar onder de lofbetuigingen en beloofden altijd te doen wat ze ons opdroeg.

Maar toen ze daarna de hoofdkoopman dezelfde behandeling gaf, had het absoluut geen effect. Hij kreeg de bedreiging te horen, hij kreeg Kwabena's kip rond zijn nek terwijl hij sliep, maar werd hij zo bang en vol berouw als de korporaal en de boekhouder waren geweest? Nee. Hij keek door de opening de volgende morgen, grijnsde vrolijk en wierp de kip naar binnen. Twoem!

'Ik geloof dat jullie vogeltje verkeerd gevlogen is!' schreeuwde hij en barstte in lachen uit.

Ja, hij lachte zo geweldig dat het nog lang nadat hij de keldergang verlaten had onder de gewelven bleef nagalmen.

Kwabena raapte aarzelend en zuchtend de rondgestrooide resten van zijn kip op, knoopte ze samen en hing ze weer rond zijn nek. Ach Kwabena, Kwabena!

Niemand zei iets, we durfden nauwelijks adem te halen.

Het Slimme Meisje piekerde en was zichzelf niet meer.

'Wat heb ik verkeerd gedaan?' vroeg ze ten slotte.

Karl-Kwadjo had een verklaring.

'Toen meneer de korporaal jullie het geld afhandig maakte en het voor zichzelf hield, verbrak hij de eigen witmanswetten. Meneer de boekhouder deed dat ook. Daarom werden ze zo bang en berouwvol. Maar toen meneer de hoofdkoopman het bedrag verdriedubbelde, beging hij geen misdaad. Nee, hij deed dat voor rekening van zijn handelscompagnie. Hij volgde de regels van de compagnie. Hij maakte de eigenaar van de compagnie rijker. Dat is het meest eervolle dat de verschrikkelijke witmannen hier op aarde kunnen doen. Iedere witman die zijn heer rijker maakt kan zich verzekeren van een plaatsje in het hemelrijk van de verschrikkelijke witmannen. Daarom had de hoofdkoopman geen wroeging toen hij wakker werd en Kwabena's kip ontdekte op zijn borst.'

Misschien begreep het Slimme Meisje waar hij het over had. Maar Kabena, oom Kofi en wij, de elf kinderen begrepen er niets van. De verschrikkelijke meneer de hoofdkoopman had ons toch ook een pereguaan goudzand afhandig gemaakt, net als meneer de korporaal en meneer de boekhouder. Of niet soms?

'We hebben in elk geval twee pereguanen goudzand bijeen,' stelde het Slimme Meisje vast. 'Nu kunnen we betalen voor de bewaring van oom Kwesi's lichaam en misschien laten de witmannen ons...'

'Wat dacht je,' onderbrak Karl-Kwadjo. 'We hebben een dode prins gestolen en een dode koningin-moeder, waar de witmannen pand voor betaald hebben. En ze hebben heel wat meer betaald dan twee pereguanen goudzand.'

Zijn woorden sloegen bij het Slimme Meisje in als een bom. Haar ogen draaiden van binnen naar buiten, ze blies de lucht uit haar longen en het volgende moment zonk ze in elkaar en lag voor dood op de grond.

Nu zagen we in dat haar wijsheid zijn grenzen had. En wat erger was, we zagen in dat ze ons nooit uit de klauwen van de verschrikkelijke witmannen zou kunnen redden.

Even later kwam meneer de hoofdkoopman terug en vertelde dat we de volgende dag terecht zouden staan en dat de hoofdman van de verschrikkelijke witmannen, de verschrikkelijke meneer de gouverneur ons zou berechten.

Toen lieten we alle hoop varen. We wierpen ons in elkaars armen, gaven toe aan de vertwijfeling en begonnen te huilen. Ja, we huilden zo hartverscheurend dat de tweehonderd krijgsgevangenen van Assin en Twifo er niet aan konden weerstaan om mee te huilen.

Maar over meneer de gouverneur, de rechtszaak en zijn onverwachtse afloop vertel ik vandaag niet. Dat doe ik morgen – als jullie het willen.

De brandewijnborrel
en zijn onverwachte bijwerkingen

Weten jullie nog hoe de ontmoeting met de verschrikkelijke meneer de gouverneur afliep?

Ja, ik weet dat ik het niet hoef te vragen. Jullie waren er immers ook en zagen en hoorden alles. Eigenlijk is het niet nodig dat ik hier alles vertel wat jullie nog weten en nooit meer zullen vergeten. Zullen we het einde van het verhaal laten voor wat het is? Willen jullie niet liever een sprookje horen over de listige spin Kwaku Ananse? Eentje dat jullie nog niet kennen?

In orde, jullie willen het einde horen van ons eigen verhaal. Vooruit dan maar. Jullie beslissen.

We hadden die laatste nacht kunnen wegvluchten uit het huis van de verschrikkelijke witmannen. Oom Kofi had de tralies kunnen openplooien, wij hadden door de opening kunnen klimmen en door de grote poort naar buiten sluipen. Het slot van de poort zou niet echt een probleem geweest zijn voor oom Kofi. Als hij zijn linker pink in het sleutelgat had gestoken en één keer had rondgedraaid was het slot al open geweest.

Maar niemand van ons dacht aan vluchten. Oom Kwesi's geest hield zich de hele nacht koest, het Slimme Meisje was zichzelf niet, oom Kofi zat te neuriën, Karl-Kwadjo mompelde in twee talen, Kwabena zweeg en wij, de elf kinderen, waren te bang om te denken.

Daarom zaten we de volgende morgen nog steeds in de cel, waar meneer de korporaal, meneer de boekhouder, meneer de hoofdkoopman en de drie zwarte soldaten ons uit kwamen halen.

Ze duwden en sleepten ons door de gangen van het stenen huis. Meneer de korporaal en meneer de boekhouder waren erg stil. Maar meneer de hoofdkoopman kletste er maar op los en was in een stralend humeur. Nu zouden we krijgen wat we verdienden, zei hij. En nog iets. Meneer de gouverneur kan geen kinderen verdragen. Kinderen waren voor hem het ergste wat er bestond. Hij haatte kinderen. Vooral kinderen die zich inbeelden dat ze even flink zijn als volwassenen.

Al gauw stonden we daar allemaal samen in de grote zaal van het stenen huis voor de verschrikkelijke meneer de gouverneur.

Natuurlijk waren we voorbereid. We hadden reeds kennisgemaakt met drie bovenmatig lelijke witmannen. We hadden verwacht dat de gouverneur nog lelijker zou zijn dan hen. Maar ook deze keer werden we overrompeld door weerzin en ontzetting.

Dat magere, spichtige lichaam, dat zo lang was dat zijn hoofd bijna tegen het plafond botste!

Dat lange, smalle gezicht, vol korsten, wratten en etterbuilen! Dat eenzame slangenoog dat met een stekende, hongerige blik op ons neer staarde! Die zwarte lap die het andere oog verstopte! Die neus die op de snavel van een gier leek. Die dunne mond, bloedrood alsof hij pas met een scherp mes in zijn gezicht was uitgesneden! Die smalle, blauwrode tong die zo snel in en uit zijn mond schoot dat je nauwelijks de tijd had hem te zien!

Maar het ergst van allemaal waren de dingen die zijn rechterhand en zijn beide benen vervingen. Als hand had hij een reuzengrote ijzeren haak en als benen had hij twee lange houten poken. In zijn riem stak trouwens een derde been.

Ja, heilige maangodin, wat een ijzingwekkend zicht! Deze witman was werkelijk lelijker dan meneer de korporaal, meneer de boekhouder en meneer de hoofdkoopman tezamen. Ieder van ons – behalve oom Kofi – moest zich in de hand te bijten om het niet uit de brullen van afschuw. Of in de arm, of de schouder of wat er ook voorhanden was. En jij, de kleinste van ons, die achter oom stond, zette je tanden in zijn bil. Ben je het vergeten? Ik lieg niet.

Gelukkig merkte oom niets. Hij had het te druk met het bewonderen van het haar en de kleren van de gouverneur.

Zijn haar was glanzend wit, ja witter dan het witste zand, en bovendien zaten er elegante lokken en golven in. De kleren waren van de soort die de witmannen in die tijd gewoonlijk droegen. Ze waren van glanzende zijde gemaakt en bedekten alles, behalve het hoofd, de hand, de haak en de houten benen.

Meneer de gouverneur boog lichtjes, hield de ijzeren haak op zijn borst en begon te praten met een hooghartige gezichtsuitdrukking.

'Ik ben de hoofdman hier in huis,' vertaalde Karl-Kwadjo. 'Mijn naam is...'

Hij verloor zijn aandacht en kneep zijn neus dicht met de haak van de rechterhand en de wijsvinger van de linkerhand. Precies, de stank van Kwabena's kip had hem bereikt.

Kwabena stapte naar voor en hield de laatste onherkenbare resten van de kip omhoog.

'Deze rottende kip draag ik als straf,' ratelde hij, 'omdat ik geprobeerd heb het goud te stelen van deze arme kinderen die naar hier gekomen zijn om het dode lichaam van hun oom Kwesi vrij te kopen. Wees gewaarschuwd, meneer de gouverneur! Bedrieg hen niet!'

Karl-Kwadjo vertaalde zijn woorden. Maar de witman gaf geen krimp. Hij wees enkel met zijn haak naar een opening in de muur, die naar de veranda leidde. Zo gauw de arme Kwabena naar buiten gegaan was, kon de rechtzaak beginnen.

'Twee verpande doden, toebehorend aan de Zweeds-Afrikaanse Compagnie, zijn uit de lijkenplaats verdwenen,' zei meneer de gouverneur.

Toen plooide hij zijn lange lichaam op, ging op een stoel zitten en klaagde ons aan die lichamen gestolen te hebben.

Bij iedere kleine beweging kregen zijn kleren een andere kleurschakering. En elke keer kreunde oom Kofi van bewondering.

'Is dat zijde?' fluisterde hij naar Karl-Kwadjo.

'Ja...'

'Daar heb ik al over horen praten,' zei oom. 'Maar ik had het nog nooit gezien.'

Voordat iemand hem kon tegenhouden, liep hij naar de witman, lachte zijn meest onschuldige glimlach en betastte de blinkende zijde.

De gouverneur sperde zijn ene oog open, zijn mond viel open van verbazing, hij mompelde iets tussen zijn tanden en probeerde oom Kofi's vingers weg te trekken met zijn haak. Dat lukte niet. Oom was sterker dan hij.

Gelukkig kwam het Slimme Meisje weer tot leven en greep in.

'Houd je handen thuis, oom Kofi,' fluisterde ze. 'Je maakt ons te schande.'

Oom kwam tot bezinning, boog en bood zijn verontschuldigingen aan. Het verhoor kon verder gezet worden.

'Getuigen hebben jullie een langwerpig voorwerp zien verkopen aan een karavaan uit Twifo,' zei de gouverneur door Karl-Kwadjo. 'En nog een lang voorwerp aan een karavaan uit Assin. Waren dat de verdwenen lichamen? Antwoord!'

Het Slimme Meisje knikte somber. Ze erkende de diefstallen.

Maar het volgende moment begon meneer de korporaal te stotteren.

'Www-ees de a-a-arme kinderen ggg-enadig, meneer de gouverneur!' vertaalde Karl-Kwadjo.

Ja, nu was hij bang, meneer de korporaal. Bang dat we zijn bedrog zouden verklappen aan de hoofdman van de verschrikkelijke witmannen.

'Ach ja, die arme kinderen!' zei meneer de boekhouder, die ook bang was om verraden te worden.

Meneer de gouverneur gebood hen te zwijgen en wendde zich naar ons.

'Jullie kwamen 's nachts terug naar de lijkenplaats,' vervolgde hij. 'Waren jullie van plan nog meer lijken te stelen?'

'We wilden het lichaam van onze oom Kwesi terughalen,' legde het Slimme Meisje uit. 'Maar we vergisten ons in het donker...'

'Iedereen vergist zich wel eens,' onderbrak meneer de korporaal lachend. 'Niet waar meneer de boekhouder?'

'Alle zwarten zien er hetzelfde uit,' zei de boekhouder.

'Precies, zeker 's nachts,' voegde de korporaal eraan toe.

'En vooral als ze in zwarte zakken zitten,' vervolgde de boekhouder.

De gouverneur brulde dat ze hun loslippige smoel moesten houden.

Karl-Kwadjo vertaalde het gesprek zo snel hij kon. De woorden stroomden uit zijn linker mondhoek.

Toen haalde meneer de hoofdkoopman een sprekend blad tevoorschijn en legde ons uit dat het losgeld voor de prins en de koningin-moeder vastgesteld was op telkens vijftig pereguanen goudzand, dat de kosten voor bewaring van de twee lichamen drie pereguanen en de reparaties aan de lijkenplaats zesendertig pereguanen goudzand hadden gekost.

Terwijl de hoofdkoopman praatte en Karl-Kwadjo vertaalde, pulkte meneer de gouverneur in zijn neus met de haak, kreeg een prachtig stuk opgedroogd snot te pakken, bekeek het grondig en stopte het in zijn mond.

'Samen wordt dat honderd negenendertig pereguanen,' sloot de hoofdkoopman af.

'Dus eist de compagnie van jullie goudzand met een gewicht van honderd negenendertig pereguanen,' zei meneer de gouverneur en keek ons met zijn ene oog strak aan.

Onze mond viel open, eerst van verbazing en toen van schrik.

Wat zouden onze moeders zeggen, als we thuis kwamen met het verhaal dat we de witmannen zoveel goudzand schuldig waren?

'We kunnen al een kleine afbetaling doen,' zei het Slimme Meisje met gebroken stem.

'Kijk eens aan,' antwoordde de gouverneur en toonde zijn slangentong in een honende glimlach. 'Hoeveel hebben jullie?'

'Twee pereguanen goudzand.'

Oom Kofi reikte de goudzakjes aan. Meneer de hoofdkoopman zette zijn weegschaal klaar en begon het goud te wegen. Toen nam meneer de gouverneur zijn witte haar af. Ja, echt, hij nam zijn haar af, legde het voor hem op de tafel en droogde zijn kale, natte schedel af met een zijden zakdoek.

Oom staarde als betoverd naar het haar.

'Is het een pruik?' vroeg hij.

'Ja,' antwoordde Karl-Kwadjo.

'Een echte witmanspruik?'

'Ja.'

'Daar heb ik over horen spreken,' zei oom. 'Maar ik heb zoiets nog nooit gezien.'

Hij stapte naar voor, nam de pruik, zette die op zijn eigen hoofd en deed meneer de gouverneur na.

'Dus eist de compagnie van jullie goudzand met een gewicht van fillipilliarden pereguanen!'

Zonder nadenken vertaalde Karl-Kwadjo zijn woorden naar de taal van de witmannen.

138

De hoofdkoopman barste in een schaterlach uit. De anderen durfden niet.

De gouverneur haakte zijn haak vast in de pruik, maar oom hield hem met beide handen vast op zijn hoofd.

Toen haalde de witman zijn derde been tevoorschijn en sloeg oom op zijn handen. Ieder die al ooit met een derde houten been op zijn handen geslagen is, weet dat je het dan uit-schreeuwt. Maar oom lachte alleen maar.

De hoofdkoopman stapte naar voor en probeerde de pruik uit ooms handen te trekken. Het lukte niet. De boekhouder en de korporaal probeerden ooms handen uiteen te trekken. Het was onmogelijk. De drie soldaten probeerden zijn armen los te wrik-ken en te trekken. Maar de pruik bleef zitten waar ze zat. En oom lachte plagend om hun inspanningen.

Uiteindelijk greep het Slimme Meisje in.

'Wees niet zo kinderachtig, oom Kofi,' fluisterde ze. 'Meneer de gouverneur houdt niet van kinderen.'

Toen liet oom de pruik los en verontschuldigde zich.

Eigenaardig genoeg was meneer de gouverneur helemaal niet kwaad. Hij zette zijn pruik weer op – achterstevoren – en keek bewonderend naar oom Kofi en mompelde in zichzelf.

'Sterk als een os en ongevoelig voor pijn,' vertaalde Karl-Kwadjo. 'Zeven volwassen mannen kunnen hem niet aan. Zo'n man wil ik in dienst.'

Hij stond op en richtte zich tot ons.

'Jullie mogen oom Kwesi's dode lichaam hebben voor de drie pereguanen die jullie al betaald hebben en jullie laten oom Kofi hier als pand voor de rest,' stelde hij voor.

'Een goed voorstel,' zei meneer de korporaal en boog voor de gouverneur.

'Een bijzonder voorstel,' zei meneer de boekhouder en boog voor de hoofdkoopman.

'Een bijzonder goed voorstel,' zeiden meneer de korporaal en meneer de boekhouder tegelijk en bogen voor elkaar zodat hun hoofden tegen elkaar sloegen. Twoem!

'Tweeduizend hoofdluizen dood,' merkte Kwabena op vanuit de veranda.

Plotseling begon meneer de gouverneur verstaanbaar te spreken. Ja, het bleek dat hij onze taal beheerste en hij wendde zich onmiddellijk tot oom Kofi.

'Wel, heiden, kunnen we een overeenkomst sluiten? Wat denk je ervan om compagnieslaaf te worden zoals je broer?'

Oom Kofi was het er mee eens. Ja, hij wilde zo graag dat het lichaam van zijn broer weer vrij zou komen om begraven te worden. Maar wij, kinderen, wilden onze geliefde oom niet kwijt. We klemden ons vast aan zijn benen en begonnen te huilen.

Toen kreeg hij spijt. Nee, hij wilde toch geen slaaf worden. Absoluut niet.

De gouverneur was geïrriteerd.

'Als je jezelf niet als pand voor de schuld geeft,' siste hij, 'moeten jullie allemaal in de gevangenis blijven, tot het de familie behaagt om jullie vrij te kopen. En Kwesi's lichaam blijft liggen waar het ligt.'

Daarna vroeg hij ons om een blik op de lijkenplaats te werpen.

We gingen naar buiten op de rare veranda van de witmannen, die hoog aan de buitenkant van het huis hing.

Meneer de gouverneur bleef in de deuropening staan.

'Ik kan niet tegen grote hoogte,' verontschuldigde hij zich. 'Ik word al duizelig als ik op mijn tenen ga staan.'

'Welke tenen?' vroeg Kwabena.

Vanaf de veranda hadden we een goed uitzicht over de lijkenplaats. De tien stellingen stonden opnieuw recht, acht ervan tilden zwarte zakken tot aan de woning van de goden en een van de acht was dubbel zo hoog als de andere.

'Ligt oom Kwesi op de hoogste stelling?' vroeg het Slimme Meisje.

'Natuurlijk,' antwoordde de gouverneur. 'Sta me toe om een compliment te maken over uw scherpzinnigheid, juffrouw.'

Toen we allemaal, behalve Kwabena, weer de zaal in waren gegaan, vervolgde meneer de gouverneur zijn pogingen om oom Kofi in de val te lokken.

'Weet je hoe lang je familie nodig zal hebben om honderd zevenendertig pereguanen goudzand te sparen?' vroeg hij. 'Honderd jaar!'

'Je moet een slaaf worden, oom,' fluisterde het Slimme Meisje. 'Er is geen andere uitweg.'

Opnieuw klampten we ons aan oom vast en begonnen te huilen.

'Wil je werkelijk dat je broer daar honderd jaar blijft liggen en de goden vertoornt?' schreeuwde de gouverneur.

Oom Kofi keek om beurten naar hem en naar ons. En zoals gewoonlijk als twee partijen eisen aan hem stelden, kon hij niet beslissen. Hij wilde immers geen mens teleurstellen. Zoals gewoonlijk begon zijn onderlip te beven.

Om hem te overtuigen, huilden we nog meer.

Toen werd meneer de gouverneur razend. Hij gaf de soldaten bevel om hun sabels te trekken en ons het hoofd af te hakken als we niet ophielden met blèren.

We stopten meteen.

De witmannen begonnen oom Kofi uit te lachen. Hij die zo groot en sterk was, hoefde zich toch niet te laten leiden door kinderen die zich niet weten te gedragen?

De gouverneur haalde twee grote tinnen kroezen tevoorschijn van het slag dat de witmannen graag gebruiken, goot een heldere vloeistof uit een kan en reikte de ene beker aan oom.

'Drink, dan voel je je beter!' zei hij vriendelijk.

'Is het brandewijn?' vroeg oom nieuwsgierig.

'Ja.'

'Echte brandewijn?'

'Natuurlijk.'

'Daar heb ik al vele jaren over horen praten,' zei oom. 'Maar ik heb het nog nooit mogen proeven.'

Hij nam de beker en hief hem naar zijn mond. Ineens herinnerde hij zich alle waarschuwingen van moeder Yesiwa.

'Nee, ik ben niet van plan ook maar één druppel te drinken,' zei hij en zette de beker op tafel. 'Brandewijn is verderfelijk. Het geeft even wat troost maar dan geeft het jaren van ellende. Dat heeft moeder Yesiwa gezegd.'

'Wat heeft je moeder daar over te zeggen,' zei de gouverneur minachtend. 'Je bent oud genoeg om over je eigen leven te beslissen. Hier, gooi die borrel achterover en bewijs dat je een echte man bent!'

Oom twijfelde.

'Het is dezelfde soort brandewijn waar je broer Kwesi zo van hield,' lokte de gouverneur.

En oom hief opnieuw de beker op.

'Proost! Op je broer!' zei de gouverneur.

'Proost!'

En werkelijk, oom dronk de borrel in één teug leeg.

Als de verschrikkelijke meneer de gouverneur er ook maar het minste vermoeden van had gehad welke verwoestende werking die borrel zou hebben, zou hij niet aangedrongen hebben. Nee, hij had ons de schuld kwijt gescholden, had gevraagd om het stenen huis zo snel mogelijk te verlaten en had zijn witmansgod bedankt omdat hij van ons verlost was.

Dus, oom slikte de borrel door. Zijn gezicht verschrompelde en leek wel op een gedroogde vijg, een siddering ging door zijn lichaam – en toen was hij zat. Hij nam een paar scheve stappen, kreeg de rand van de tafel te pakken, leunde naar voor, zwaaide zijn hoofd heen en weer en probeerde de gouverneur strak in de ogen te kijken.

'Was jij dat?' vroeg hij met een grove stem.

'Wat bedoel je?' vroeg de witman op zijn beurt.

'Was jij dat die uitvond... dat de verpande lichamen daarboven geplasjeerd sjzouden worden... ja, sjo dicht bij de woning van de gg...goden?'

Hij mompelde maar en er klonk kracht en dreiging in zijn stem. Nog nooit hadden wij, kinderen, hem zo horen spreken.

De gouverneur had de verandering niet opgemerkt. Hij was vereerd en gaf toe dat de hoge stellingen zijn idee waren.

'De vorige gouverneur schreef het geleende geld af als een schuldslaaf stierf,' legde hij ijverig uit. 'Ten slotte dachten alle zwartjes hier aan de kust dat ze zomaar geld konden lenen en daarna gewoon doodgaan. Zo gauw ik er het recht toe kreeg, heb ik de zaken veranderd. Onze handelscompagnie is immers niet naar Afrika gekomen om aan liefdadigheid te doen. Ik liet gewoon de families de schulden overnemen. En om ze inschikkelijk te maken liet ik de lijkenplaats en de stellingen bouwen. Ja, mijn beste Kofi, het idee van die stellingen is aan mijn zakelijk vernuft ontsproten. Hoe hoger de stellingen, des te sneller de afbetalingen...'

'Dat is geniaal,' barste het Slimme Meisje vol bewondering uit.

Maar het volgende ogenblik hield ze haar handen voor haar mond en schaamde ze zich.

'Ja, het is geneniaal,' slodderde hij. 'Geneniaal maar onmensjelijk. Wie sjzo ietsj uitvindt is geen echte mensj... hij is een monster... een kwade demon... die het verdient om te sjterven.'

Hij wierp zich over de tafel en tastte naar de hals van de gouverneur. Maar de witman wierp zijn stoel naar achter en ontweek de handen.

143

Oom werd razend, greep de tafel, scheurde die in twee stukken alsof het een droog palmblad was, wierp de stukken aan de kant en greep hem bij zijn haar.

De witman stommelde met een verbluffende snelheid weg op zijn houten benen en glipte achter de grote geldkist van de compagnie, die in een hoek stond. Daar zat hij te krijsen in zijn witmanstaal. Zijn gezicht was even wit als zijn pruik die in ooms hand bungelde.

Toen kwamen meneer de korporaal en drie soldaten met getrokken zwaarden aangelopen. Oom waggelde heen en weer, ontweek de sabels, ontwapende de mannen een voor een, greep ze samen vast, ging op de hangende veranda staan en slingerde hen over de reling zodat ze recht in de zwijnenstal terecht kwamen. Kado-kado-kado-kado! klonk het. De beer en de zeugen protesteerden heftig.

Wij, kinderen, lachten en jubelden. Eindelijk was onze geliefde oom bij zijn verstand. Voor het eerst verdedigde hij zichzelf en ons. Wij zwollen van trots.

Maar de strijd was nog niet voorbij. Meneer de gouverneur stond op en brulde tegen meneer de hoofdkoopman en meneer de boekhouder. Karl-Kwadjo herhaalde het gebrul met zijn witte mondhelft en duwde met zijn witte hand de twee witmannen naar oom Kofi. Tegelijk vertaalde hij het gebrul met zijn zwarte mondhelft.

'Stop de gek!' schreeuwde hij. 'Doe wat ik beveel of jullie hangen!'

Maar oom Kofi wierp meneer de hoofdkoopman omver, rolde hem de deur uit, wierp hem over de reling in de modderpoel van de zwijnenstal. Kado! klonk het. De modder spatte zo hard op dat ieder huis in Amanforo bruine vlekken kreeg op alle vier de muren. Sorry, nu heb ik toch wat overdreven. Natuurlijk waren het enkel de dichtst bij gelegen huizen die een paar vlekken kregen op de muur aan de kant van het stenen huis.

144

Wat de boekhouder betreft, die koos om zelf in de zwijnenstal te springen. Kado!

Oom wankelde rond in de zaal en brulde en morde als een
uitgehongerde leeuw, voordat hij ten aanval trok tegen meneer
de gouverneur die nog steeds helemaal ineengedoken achter de
geldkist zat.

De gouverneur graaide de glazen, het schrijfgerei, kroezen en
borden samen en gooide ermee naar oom. Ze botsten op zijn
hoofd en zijn borst, maar daar trok hij zich niets van aan. Met
één enkele vuistslag sloeg hij de kist stuk. Koto-kum! klonk het.
Goudzand en gouden munten en diamanten spatten naar alle
kanten. Ten-ten-ten! Fre-fre-fre!

De witman trok zijn extra been uit zijn riem, maar oom pakte
het af, stopte het in zijn mond en kauwde het tot spaanders.
Toen zonk de witman ineen. Hij was ervan overtuigd dat zijn
laatste uur gekomen was.

Op dat moment vloog de deur open. Meer soldaten, zowel
zwart als wit, stroomden de zaal binnen met getrokken sabels.

Oom Kofi draaide zich om, strompelde met zijn kop omlaag
op hen af en stootte hen een voor een omver. Daarna zwierde hij
ze door de verandadeur naar buiten en de zwijnenstal in. Kado-
kado-kado-kado-kado-kado!

Wat nog? O ja, terwijl dit allemaal gebeurde, tuimelde Karl-
Kwadjo rond en vocht met zichzelf. Het zwarte been lichtte het
witte voetje – en omgekeerd. De witte hand gaf de zwarte wang
de ene oorvijg na de andere – en omgekeerd. Heel zijn twaalfja-
rige leven hadden de twee helften elkaar verafschuwd. Nu kon
hij ze niet meer tegenhouden en het hielp niet dat de kinderen
probeerden tussen beide te komen.

Toen kwam de beer door de deur binnengestormd. Ja, jullie
herinneren je toch nog de laatste poging van de soldaten om
meneer de gouverneur te redden? Nee? Heb ik daar nooit over
verteld?

Ja zie je, de soldaten, die daar holderdebolder in de zwijnenstal lagen, stuurden de beer de trappen op met het bevel om oom Kofi dood te bijten. Maar daar kwam niets van in huis. Voordat het beest tot drie had kunnen tellen, was hij weer in zijn overvolle stal. Kado!

Eindelijk kon oom de verschrikkelijke meneer de gouverneur aanpakken.

'Nu ga ik het monsjter uitsjchakelen!' brulde hij.

De gouverneur jankte en smeekte voor zijn leven. Oom toonde geen medelijden, hij greep de witman bij zijn hals en begon hem te wurgen. De man werd blauw in zijn gezicht, zijn slangentong zwiepte wild in de lucht en zijn ene oog keek ons smekend aan.

Toen klemde het Slimme Meisje zich tussen de twee mannen in.

'Hou op, oom!' riep ze. 'Als je hem wilt doden, moet je eerst mij doden.'

Weten jullie nog dat oom de witman losliet en haar bij de hals greep? Ja, de grote knuisten sloten zich rond haar hals, die niet dikker was dan zijn duim.

De maangodin zij geprezen, hij kreeg plotseling zijn verstand terug. Zijn wilde blik verbleekte, zijn handen gingen open, hij viel op zijn knieën en nam voorzichtig het Slimme Meisje in zijn armen.

'Het sjpijt me, lieve kleine meid,' mompelde hij. 'Maar die ellendeling verdient toch echt een sjtraf?'

Toen fluisterde ze iets in zijn oren en wees naar een ding van de witmannen dat daar tussen de rommel lag. Een twee-armige kandelaar die de witmannen gebruiken in de plaats van olielampjes. De bijbehorende vetkaarsen waren gebroken.

Oom Kofi lichtte op als een zon.

Toen was er haast bij. We verlieten de grote zaal. Oom nam de doodsbange gouverneur mee. Het Slimme Meisje nam de kandelaar. Maar de vetkaarsen en al de rest bleef liggen. Met grote tegenzin liet Kwabena de rondgestrooide goudzakjes, de munten en diamanten liggen.

Ach Kwabena, hadden we maar geweten wat je dacht!

We gingen de trappen af en de binnenplaats over. Meneer de hoofdkoopman, meneer de boekhouder, meneer de korporaal en alle soldaten lagen of zaten in de zwijnenstal, geradbraakt en vol modder en mest, en ze deden alsof ze ons niet zagen. Ieder, die ooit in een zwijnenstal werd gegooid, weet dat zo'n val elke strijdlust dempt.

Toen we aan de grote poort kwamen, stopte Karl-Kwadjo.

'We mogen de arme slaven van Twifo en Assin niet vergeten,' zei hij met zijn linker mondhoek. 'Ik laat ze gaan en dan kom ik jullie achterna.'

Hij keerde zich om en ging naar de slavenkooien. Toen bleek dat zijn witte helft niet meewilde. Maar zijn zwarte helft sleepte hem mee over de binnenplaats en daarna de kelder in.

Wij hadden een andere maar gelijkaardige opdracht. Wij gingen recht naar de lijkenplaats. We lieten de poort links liggen. Oom Kofi trok gewoon een paal uit de omheining. Fweo-pu!

De lijkenplaats was opgeruimd, de zon scheen helder en het was er helemaal niet griezelig.

'Deze keer hoeven we niet te zoeken naar oom Kwesi's lichaam,' lachte het Slimme Meisje. 'We weten dat hij op de hoogste stelling ligt.'

Wij, de kinderen, zorgden voor meneer de gouverneur, terwijl oom Kofi de stelling op klauterde. Ja, je vindt het misschien roekeloos van hem om in dronken toestand zo hoog te klimmen. Maar de stelling en de sjorringen waren nieuw en konden zijn gewicht dragen. Hij bereikte het platform en was meteen weer terug op de grond met de zak in zijn armen.

Daarna bekeek hij meneer de gouverneur lang met een verwachtingsvolle glimlach, hij greep hem bij zijn knieën en stopte de houten benen in de kandelaar die het Slimme Meisje hem voorhield.

Even later verlieten we giechelend en proestend de lijkenplaats, en wierpen een laatste blik op de verschrikkelijke meneer de gouverneur. Hij stond in de kandelaar. En de kandelaar stond hoog op het platform van de hoogste stelling.

Weten jullie nog hoe het eruit zag?

Hij stond daar onbeweeglijk, ja, versteend van de schrik, met uitgestrekte armen, gebogen rug en dichtgeknepen ogen.

Opeens waaide een windstoot door de lijkenplaats. De stelling zwaaide heen en weer. Meneer de gouverneur rechtte zijn rug. Daardoor stootte hij zijn hoofd tegen de vloer van de woning van de goden, zodat het rondom hem begon te bliksemen en donderen.

Ieder, die hoogtevrees heeft en die ooit in een kandelaar op een zwaaiend platform heeft gestaan terwijl het dondert en bliksemt, weet dat het geen zier helpt om een of zelfs twee ogen dicht te knijpen.

Ja, het was een gepaste straf die het Slimme Meisje bedacht had voor de verschrikkelijke meneer de gouverneur.

Morgen zal ik vertellen over hoe we thuiskwamen met oom Kwesi's lichaam en wat er gebeurde met iedereen die ons daarbij had geholpen.

Zes keer het slot van het verhaal

Het is met een zwaar hart dat ik bij jullie kom zitten om de zes eindes van ons verhaal te vertellen. Nee, ik heb de eindes niet veranderd en ze droevig gemaakt. Helemaal niet. Ik ben gewoon triest omdat we afscheid moeten nemen van elkaar, zo gauw ik klaar ben.

Natuurlijk zou ik ons verhaal wat kunnen rekken, alleen maar om jullie nog een dag of twee hier te houden. Maar ik denk dat ik dat maar niet zal doen.

Met welk slot zal ik beginnen? Karl-Kwadjo's! Laat me dat eerst doen!

Weten jullie nog dat hij zich op weg begaf naar de slavencellen van de witmannen om de tweehonderd slaven van Twifo en Assin te bevrijden?

Weten jullie nog hoe verdrietig en vertwijfeld we waren toen de slaven ons inhaalden in de straten van Amanforo en ons zijn levenloze lichaam gaven? Hij was in twee gespleten. In een witte en een zwarte helft die de slaven met repen stof hadden samen gebonden.

En ze vertelden ons wat er met Karl-Kwadjo gebeurd was.

Hij was eindelijk tegelijk naar voor en naar achter, maar het meest naar voor ploeterend bij de slavenkooien gekomen. In de gang buiten bij de kooien zat een wacht half te slapen, een verschrikkelijke witman, de enige die niet in de zwijnenstal terecht was gekomen. De jongen was er naartoe geslopen, had zijn zwarte hand naar de sleutel aan de riem van de wacht gestrekt.

Maar zijn witte mondhelft had een waarschuwing geschreeuwd en de witman was wakker geworden, was rechtop geveerd, had zijn sabel getrokken en had hem in tweeën gehakt, van kop tot teen. Twee! had het geklonken. De twee helften waren op de grond gedonderd, maar op het laatste ogenblik had de zwarte helft de sleutel door de tralies van een van de deuren gegooid. En zo konden de slaven de deur openmaken, vluchten en weer naar hun vaderland terugkeren.

Met zware tred droegen we Karl-Kwadjo naar huis, naar zijn moeder. We waren ervan overtuigd dat hij dood was. Maar zijn moeder was niet geschokt. Zelfs niet ongerust. Met rustige handen knoopte ze de repen stof open en onderzocht de twee helften.

'Halfdood maar,' zei ze en lachte geruststellend naar ons.

En zo was het inderdaad. De zwarte helft leefde maar de witte helft was dood. Die had immers geen hart.

Ze haalde een geneeskrachtige kruidenzalf en smeerde de gekwetste zwarte helft in. De witte helft wierp ze op de mesthoop.

Karl was er niet meer maar Kwadjo overleefde. Een poosje nadat we Amanforo hadden verlaten, begon een nieuwe arm en een nieuw been uit de zwarte helft te groeien. Na negen maanden was het lichaam weer heel, en dat niet alleen, het was ook helemaal zwart.

Een paar jaar later trouwde Kwadjo met het Slimme Meisje.

Jullie weten toch nog dat het Slimme Meisje opgroeide en zowel knap als wijs werd? Ja, slim was ze als kind al, maar niet zo wijs. Wijsheid krijg je door ervaring en ervaring door te leven. Het Slimme Meisje werd elk jaar wijzer. Zo gauw ze de huwbare leeftijd had bereikt, verliet ze ons dorp, ging recht naar Amanforo en deed Kwadjo een aanzoek.

'Dat was verstandig van je,' antwoordde hij. 'Een betere man kun je niet krijgen.'

Ja, voor Kwadjo en het Slimme Meisje was het goed afgelopen.

Maar niet voor de gouddief Kwabena.

Weten jullie nog hoe blij Kwabena was, toen we het grote stenen huis van de witmannen verlieten? Hij was bevrijd van de laatste resten van zijn vanzelf gestorven kip. Dat was gebeurd toen hij op de hangende witmansveranda stond en oom Kofi de bovenmatig dikke hoofdkoopman over de reling had geworpen. De witman probeerde zich te redden en greep de resten van de vanzelf gestorven kip, die rond Kwabena's nek hingen, vast. Het leren riempje brak en de kippenresten verdwenen in de zwijnenstal met de witmannen.

Ach Kwabena, Kwabena, hij was weer vrij om te doen wat hij wilde. Vrij om een nieuw, eerzaam leven te leiden.

Maar hij die als straf alle andere dieven had moeten waarschuwen, leerde zelf niets uit de straf. Nee, hij kon de rondgestrooide goudzakjes, munten en diamanten niet vergeten die we op de vloer in de zaal van het stenen huis hadden achter gelaten.

Een paar maanden nadat we in zijn thuisdorp afscheid van hem hadden genomen, ging hij opnieuw naar Amanforo, klom in het stenen huis, maakte zich onzichtbaar, sloop voorbij alle soldaten, brak geluidloos de zaal in, prutste de nieuwe geldkoffer van de compagnie open, stal alle kostbaarheden en verdween spoorloos in de nacht. En sindsdien heeft niemand hem meer gezien.

Als gevolg van de diefstal werden de Zweedse witmannen gedwongen om hun handelswerkzaamheden neer te leggen. Maar het werd er niet beter op voor het zwarte volk aan de kust, toen de Zweden verdwenen. In hun plaats kwamen de Denen. En in de plaats van de Denen kwamen de Nederlanders. En in de plaats van de Nederlanders kwamen de Engelsen. Witmannen raak je niet kwijt. Ze zijn als ratten. Men kan er massa's dood-kloppen maar er komen steeds weer nieuwe.

En wat gebeurde er met de verschrikkelijke meneer de gouverneur?

Vele dagen en nachten nadat we de stad Amanforo hadden verlaten, bleef hij op het hoogste platform in de lijkenplaats staan zwaaien en zijn hoofd stoten tegen de vloer van de woning van de goden zodat het donderde en bliksemde.

Het gerucht over zijn hachelijke positie verspreidde zich als een lopend vuurtje langs de Goudkust en de Slavenkust en de Ivoorkust, ja zelfs tot aan de Peperkust. De kustbewoners gingen in grote scharen naar Amanforo, ze verdrongen elkaar in dichte drommen aan de omheining en lachten zo hard dat ze het gedonder overstemden.

Geen van zijn soldaten durfde hem eraf te halen. Na een week verloor hij zijn evenwicht en viel in de lijkenplaats. Twom! zal het wel geklonken hebben toe hij op de grond viel.

Op een donkere nacht droegen de witmannen hem aan boord van een van hun drijvende huizen en de volgende morgen was hij al op weg naar de witmanslanden aan de andere kant van de zee.

Wat kan ik vertellen van oom Kofi?

Herinneren jullie je nog de kater van oom? Weten jullie nog hoe hij kreunde en jammerde, hoe hij braakte toen hij op de grond van de binnenplaats van Kwadjo's moeder lag? Hij wilde weten wat er gebeurd was. Zelf herinnerde hij zich niets meer vanaf het moment dat hij de borrel naar binnen had geslagen in het grote stenen huis van de verschrikkelijke witmannen.

Hij voelde zich niet beter, toen we hem hadden verteld hoe hij de verschrikkelijke witmannen had overwonnen, hoe hij het lichaam van zijn broer Kwesi's van het hoogste platform had gehaald en de verschrikkelijke witman van zijn eigen medicijn had laten proeven. Nee, hij huilde en bonsde zijn knuisten zo hard op de grond dat de huizen in de omgeving schudden, hij wentelde zich heen en weer, hij schuimbekte, hij brulde als een gewonde leeuw, hij vervloekte meneer de gouverneur die hem de brandewijn had doen drinken en hij vervloekte de brandewijn die hem van zijn verstand had beroofd en hem tegen alle mensen had doen vechten en hen in de zwijnenstal had doen gooien. En het ergst van alles vervloekte hij ons, omdat we hem niet tegengehouden hadden.

Ja, nog lang nadat we weer thuis waren bij moeder Yesiwa, was hij somber en dwars tegen ons kinderen en tegen zijn moeder. Hij had er bittere spijt van dat hij akkoord was gegaan met de reis naar het stenen huis van de verschrikkelijke witmannen om zijn broer vrij te kopen.

Maar mettertijd ging ooms afkeer en bitterheid over. Hij werd ouder met de jaren. En wijzer. Toen hij vijftig was geworden, was hij zo wijs dat nieuwelingen in het dorp hem de Wijze Oude Man begonnen te noemen. De mensen kwamen van heinde en ver om hem om raad te vragen.

Niet alleen werd hij beroemd, hij trouwde ook met een prinses uit Fanti. Ze kregen twaalf kinderen. Net zoals de kinderen uit de spinnensprookjes groeiden ze sneller dan gewone kinderen en waren op twee jaar volgroeid. En hun verstand volgde goed. Elk van de kinderen was verstandiger dan de elf andere.

Ons verhaal is ten einde. Laat ons uiteen gaan, ieder naar zijn kant. Vaarwel! Enkel de goden weten wanneer we elkaar weer zien.

Wat zeggen jullie? Ben ik vergeten om het einde van oom Kwesi te vertellen? Wat slordig van me. Het was juist hij en zijn onlesbare dorst naar de brandewijn van de verschrikkelijke witmannen die het hele verhaal in gang zette.

Maar vooruit, laat ons terugkeren naar de laatste nacht die we bij Kwadjo's moeder doorbrachten! Nauwelijks was de zon ondergegaan, of de scherpe, welbekende stank van numumkruid drong in onze neuzen. Het volgende moment openbaarde oom Kwesi's geest zich. Langzaam en waardig zonk hij naar de zak die op de grond lag, twijfelde een ogenblik, maar gleed daarna door de geteerde zeildoekzak.

Toen beseften we ineens allemaal, dat we vergeten waren om de inhoud te onderzoeken. En ik denk dat ieder van ons een koude rilling langs de ruggengraat voelde lopen.

Wat als de verschrikkelijk meneer de gouverneur gelogen had? Wat als we weer het verkeerde lichaam hadden genomen?

Maar we hoefden niet ongerust te zijn. De geest slaakte een vreugdekreet, tornde de zak open en vloog met veel vonken in alle kleuren van de regenboog recht omhoog naar de hemel. Weten jullie nog hoe gelukkig hij was? Hij zwierde heen en weer, hij draaide spiralen rond de stammen van de oliepalmen, maakte buitelingen in de lucht, sprong her en der tussen ons door als een gekke hondenwelp, hij probeerde zijn dronken broer te omhelzen, keer op keer, maar hij vloog recht door hem heen.

Ineens werd hij ernstig en ging zitten.

'Broertje,' zei hij zacht tegen oom Kofi, 'ik wil je niet zwart maken nu je zo droef bent, maar je bent het oude gebruik vergeten dat de dode met een beetje water versterkt moet worden voor de laatste reis. Ik ben wel al lang dood, maar... beter laat dan nooit.'

Kreunend en onhandig haalde oom Kofi een kalebas met water, tornde de zak open en met alle tederheid die hij in zijn ellendige toestand kon opbrengen, goot hij wat water in de mond van zijn broer.

Toen we een paar dagen later thuiskwamen met het lichaam van oom Kwesi, was er grote opschudding in ons dorp. Oma Yesiwa huilde van verdriet en blijdschap. En onze moeders onthaalden ons, de elf kinderen, met woede en opluchting tegelijk. Ze gaven ons slaag, omdat we er vandoor gegaan waren zonder toestemming, maar tegelijk omhelsden en kusten ze ons omdat we weer terecht waren. Onze moeders waren zo, streng maar niet onmenselijk. Ik denk niet dat ik overdrijf als ik zeg dat alle moeders in de hele wereld hetzelfde zijn.

Toen we uitgehuild waren, mochten we helpen met de voorbereidingen voor de begrafenis van oom Kwesi's lichaam. Ja, het waren drukke dagen.

De begrafenisplechtigheid werd statiger dan een koninklijke begrafenis. De familie kwam van heinde en ver. Nog nooit hadden zoveel mensen zich in ons dorp verdrongen.

Nog nooit waren statiger processies rondgetrokken.

Nog nooit hadden er zulke goede drummers gespeeld.

Nog nooit hadden we zoveel gegeten als in die dagen.

Ten slotte werd oom Kwesi's lichaam begraven onder een van de hutten van oma Yesiwa's hoeve en de volgende nacht, rond middernacht, toonde de geest zich voor de laatste keer. Bleek en bijna onzichtbaar nam hij afscheid van oom Kofi, het Slimme Meisje en de elf kinderen. Daarna maakte hij nog een toertje over de zee en zweefde weg naar het bovenrijk, waar hij eindelijk kon samensmelten met onze grote gezamenlijke familieziel.

De historische achtergrond van het boek

'... gebeurt het niet zelden dat de inboorlingen hun kinderen of andere familieleden verpanden (...) in ruil voor een belangrijke som in goederen, vooral brandewijn, die binnen een bepaalde termijn terug betaald moet worden. Als dit niet gebeurt, wordt het pand verkocht. Als het levende pand evenwel ondertussen overlijdt, wordt het niet begraven maar op palen gelegd (...) Op die manier krijgt de geldschieter zekerheid voor zijn geld. De negers hechten namelijk een buitengewone waarde aan een fatsoenlijke begrafenis en als het enigszins mogelijk is voor de familie zal de schuld van de opgebaarde door haar snel ingelost worden waarna die zorgzaam vervoerd wordt naar zijn huis en in de aarde gelegd.'

uit H.C. Monrad *Bidrag til en Skildring af Guinea-Kysten och dens Inbyggere, og til en Beskrivelse over de danske Colonier paa denne Kyst, samlede under mit Ophold i Africa i Aarene 1805 til 1809*, København 1822.

Oom Kwesi's geest speelt zich lang geleden af op de Goudkust in Afrika. Het gaat over elf kleine zwarte neven en nichten, het niet begraven lichaam van een dode oom, een tonnetje brandewijn, een levende oom, sterk maar een beetje dom, een bijdehand meisje, een zakje goudzand, een dief met lange vingers, een vanzelf gestorven stinkende kip, een gespleten jongen, twee nachtelijke lijkendiefstallen, honderd krijgsgevangenen van het land

Assin, honderd krijgsgevangenen van het land Twifo en vier ver-schrikkelijke witmannen van de Zweedse soort – namelijk een dronken korporaal, een bedrieglijke boekhouder, een dikke en vrolijke hoofdkoopman en een erg magere gouverneur met maar één oog en drie houten benen.